いろいろな幽霊

ケヴィン・ブロックマイヤー

市田泉◎訳

Kevin Brockmeier

THE GHOST VARIATIONS

One Hundred Stories

SELECTION

東京創元社

目　次

幽霊と記憶

幽霊と運命

幽霊と思弁

幽霊と視覚

幽霊とその他の感覚

幽霊と信仰

幽霊と愛と友情

いろいろな幽霊

幽霊をうまく思い浮かべるのは難しくない。難しいのは幽霊のように見えないものを――どんなものであれ――うまく思い浮かべることだ。

エレイン・スカリー『本によって夢を見る』

何が消えるところが見えるか教えてごらん
きみが何者か教えてあげよう

W・S・マーウィン「さしあたり」

幽霊と記憶

一　注目すべき社交行事

法律事務所の戸口にいる幽霊は絶え間なく立ち去り続けている。二、三秒ごとに出口の敷居をすっと横切り、ふいに左へ一歩ずれ、右手の甲を頬に当て、またそれを最初からくり返す。顔には深く思い詰めたような表情が浮かんでいる。彼女はスタート地点に戻るわけではない。そこにふたたび現れるのだ。死者であるため虹彩《こうさい》は白く、肌は銀色で、髪は灰緑色のスペインゴケ。百七年前、いまは机やテーブルがひしめく法律事務所がまだ舞踏室で、床はレッドオークの寄木《よせぎ》張り、天井は鎚目《つちめ》入りの錫《すず》だったころ、まさにこの大ホールで、彼女が気を惹《ひ》きたいと思っていた若き医師が、彼女をはねつけてリネン商人の娘を選び、そのふっくらした桃色の手の甲に口づけし、部屋中の人人の前でこの娘に夢中だと宣言したのだ。その当時、幽霊はまだ十五歳の命ある少女だった。彼女はこっそりその場を去ろうとしたが、戸口でだれかの召使とぶつかってしまった。オークの高い柱のようなその男は、ワルツとワルツのあいだの静寂を「失礼しました、お嬢様」の声で切り裂き、彼女の頬に流れる涙を見てとって、「お加減が悪いのですか」と続けた。狼狽《ろうばい》した少女はとっさに手を頬に当て、次の瞬間、広場へ駆け出していった。

　いま彼女は、そのときの動きを何度もくり返しているのだが、そこへちょっとした変化を際限なく加えている。肘《ひじ》を上げたり下げたり、足首を四分の一インチ右へ回したり、ウェストをひねってドレスのバッスルを動かしたり。彼女はドアの外へ駆け出し、またドアの外へ駆け出す。手を頬に当てる——今回はまるで殴られまいとするように、その次は虫を叩き潰すように、さらにその次は熱がないか確かめるように。彼女は指をわずかに広げる。手首の角度を調節する。法律事務所のわずか数平方フィートの一角にとり憑《つ》いているのは、屈辱ゆえではなく、元々のしぐさが不十分だったからだ。十五歳だったあのとき、自分の感情の真の複雑さを表現し損ねたと彼女は思っている。自分が感じていた恥辱、憤り、みじめさ、心痛、それぞれの思いの正確な割合。だからこそ彼女は、亡くなって以来ずっと、いくつもの小さな変化を加えて、舞踏室から走り去る動作を演じてきた。あるシラブルを完璧に歌おうとするのをやめられない歌手のようなものだ。生前の彼女はあの瞬間を語った——いや、ぼそぼそとつぶやいた——いまではそれを歌おうとしている。夏の日の長い午後にはときおり、机に向かうパラリーガルが気分転換をしたくなり、時間と空間のひだの中から現れる幽霊に目をやって、自分もあの幽霊と同じように、いずれはかなく命を終え、あんなにも救いがたく、あんなにも絶望的に過去に囚《とら》われてしまうのだろうかと自問する。まるでそれとは違う人生があり得るかのように。人生とはそのようなものと決まっていないかのように。

二　進路指導カウンセラー

「こんなことは初めてだ」進路指導カウンセラーは、決定的な証拠を突きつける弁護士さながら、プリントアウトした紙をふり回したが、実のところ面白がっており、呆《あき》れた顔は芝居にすぎなかった。「きみにぴったりの職業は、一、指揮者、二、保険数理士とのことだ。そこまでは問題ない。音楽と統計学が好きなんだろうね。しかし三つ目がある。ひょっとして司会者《host》ということかな。ほら、自分で見てごらん」カウンセラーは、相談室にあるビニール張りのスプリング入りアームチェアにひっそりと腰かけた女生徒に紙を渡した。彼女はその日、十四人目の生徒だった。ファイルを見なければ、彼女の名前も、成績指標値《GPA》も、試験の成績も、白慢の課外活動も思い出せないが、この仕事に携わってかれこれ四十年、相手を素早く値踏みするコツは身につけていた。その眼力で見てとったのは――髪がごわごわで、ジーンズの膝《ひざ》に皺《しわ》が寄った冴《さ》えない女生徒。物静かで礼儀正しい。トラブルメイカーではない。はみ出し者ですらない。おそらく典型的なオールBの生徒で、だからこそ職業適性検査の結果がいっそう腑《ふ》に落ちなかった。女生徒はその紙に目を落とし、真ん中できれいに二つに折って、あるかなきかの微笑を浮かべ、壁の時計に目を走らせた。「まだあと二十五秒あります。でも早めに出発してもかまいませんよね。いっしょに来てください」そう言うと、カウンセラーを導いてロビーに出た。背の高い強化ガラスの窓が並んでいて、その先に青空と、葉が茂りすぎた二、三本の松の木、通りの向かいの自動車ディーラーが見える。なぜ彼女についていくことにしたのか、カウンセラーにはよくわからなかった。相談者のほうに主導権があると思わせたりしたら、たいていは良い結果にならない。ふだんの彼は、もっと思慮深くふるまっているのだが――。カウンセラーは、生徒たちくらいの歳だったころ、どんな気分だったか覚えていた。手の届かない夢やビジョンにはがゆい思いをしたものだ――ピアニスト！　作家！　映画スター！――あらゆるまばゆい未来を思い描いた挙句、学資ローンを組み、最寄りの州立カレッジに入学し、教育心理学の学位を取得した。カウンセラーは一度も結婚しなかった――ろくに女性と付き合ったこともない。自分の愛や悲しみでだれかを煩わせないほうがいい、そのほうが楽だと考えたのだ。それに正直なところ、十代の大仰さや不安定さに満ちたハイスクールの喧騒《けんそう》の中にいると、どこにいるより充足感が味わえた。たとえばいまこのとき――ベルが鳴ったばかりのように廊下はざわめき、ごった返しているが、その情景は本質的な静けさに支配されている。けれどもカウンセラーを包み込んだのは、いつもの生徒と教師の渦ではなく、何か別のものだった――幽霊《ghost》の群れだ。その瞬間、カウンセラーは彼らを透かして光が輝くのを見た。彗星《すいせい》のように彼らを貫くきらきらした埃《ほこり》を見た。彼らの水底にいるような奇妙なものごしを、その静かな表情を、満ち足りた様子を目にした。カウンセラーは思った――幽霊だ、疑問の余地はない。しゃべろうとしたが、声が出せないとわかった。それでも、ごわついた髪の冴えない女生徒は、言いたいことはわかります、と言わんばかりにうなずいた。そしてカウンセラーの頬を撫《な》で、彼の手をとった。彼女の目は優しさでいっぱいだった。

三　手斧《ておの》、数本の燭台《しょくだい》、針刺し、シルクハット

睡眠中は現実だと思っていた夢から覚め、夢の意味をはらんだ平凡なものを通じて、結局のところあれは現実に起きたに違いないと理解する、というプロセスを男はくり返している。どの朝も同じ間抜けな展開だ。たとえばいま、男はふいにベッドから起き上がった。ドラゴンを退治して緑の瞳の美しい王女の愛を勝ち得たのに、その王女からは何世紀も、大陸いくつ分も隔たっている――と、驚いたことに、自分が鎖のついた彼女のロケットを握り締めていると気がついた。男はそれをベッドの支柱にぶら下げた。そのロケットのとなりには、男を行方不明になって久しい息子と間違えた大草原の教師のロケット、実はスズメバチの群れでもあり、その点がファンを魅了していた舞台女優のロケット、求婚者たちに決して解けない謎を出し、次いで彼らを殺させていたロシアの女伯爵のロケット、その他十余りの似たようなロケットがかかっている。いずれも目を覚ますまで現実だと思っていた夢の中から持ち出してきたものだ。目覚めたときは寝ていただけかと思うが、すぐに手の中にあるものを見つけて、ただ寝ていたわけではないと理解する。起きたとき持っているものにはたいてい、小さくてちゃちだという共通点がある。鍵、硬貨、鉛筆のたぐい。だが姿見《すがたみ》や毛皮のコート、スープ用の蓋つき深皿を運んできたこともある。あるいは鞍《くら》、クローケーの木槌《きづち》、羽根ばたき、ブンゼンバーナー、モルタデッラソーセージ、かつら、おもちゃの電車セット、ヴァ

ンデグラフ起電機、製紙用プレス機、一度などソファを一脚。部屋のどの場所を見ても、かつて訪れた世界の思い出と向き合うことになる。ナイトテーブルの上の算盤《そろばん》を見るたびに、指の骨が折れていた貴婦人の幽霊を思い出す。誇り高く、気鬱《きうつ》を抱え、彼にとり憑き、同時に恋していた。ドレッサーの上の聴診器はある町の記憶を呼び覚ます。その町で彼はリーフ模様のビー玉の渦の中に巻き込まれたのだ。記念の品が氾濫《はんらん》するこの小さなアパート――いつかこの部屋もあとにして目を覚まし、歯ブラシか財布を握っているのではと、男はなかば予想している。なんという悲劇だろう、と男は思う。なんというジョークだろう。人生最良の時間、最悪の時間、もっとも奇妙な時間、もっとも突飛な時間が、ただそこから抜け出すことに費やされるとしたら。男は寝具をはねのけ、ベッドから出る。ベッドの柱にかけたロケットの群れが仔犬の鳴き声のように甲高《かんだか》い音を立てる。男にはますますこう思えてきている。人生における――喜びとは言わずとも――確かさはすべて、自分が毎朝、夢に去られたと確信する際に味わう、およそ八秒の混乱、喪失、安堵《あんど》、あるいは歓喜の内に集中しているのだと。実のところ、その八秒こそ唯一、男が覚醒している時間、男が覚醒を疑っていない時間なのだ。

四　マイロ・クレイン

「請願書に署名してくれませんか」パン屋の外に立っていた老人は、その質問を口にする、というより、腹の底からひっぱり上げた言葉を不愛想に吐き出す。もう一人の男、老人より若く元気な男は、職場から家に帰る途中、チャバタを一つと赤ワインを一本買おうと店に寄ったところだが、スーツの中へ身を縮め、老人をよけて通り過ぎようとする。ところが老人はもう一度言う。「請願書に署名してくれませんか。マイロ・クレインを錯乱させるための請願書に」これを聞いて若者は立ち止まる。二つの理由から老人の問いかけを奇妙だと思ったのだ。一つ目はごくさりげなく用いられた風変《ふうがわ》りな動詞――まるでだれかを〝錯乱させる〟ことが、いたって平凡な人間の営みであるかのような。しかし二つ目のもっと大きな理由は、この若者こそマイロ・クレインであるということだ。若者は気を引き締め、腹をくくり、ふり返って請願書を手にした老人と顔を合わせ、「失礼ですが」と問いかける。「マイロ・クレインのことを何かおっしゃいましたか」たちどころに老人の態度が変化する。うやうやしくほほえみ、茶色いメゾナイトのクリップボードを差し出す。「請願書に署名してもらえますかな。言っておきますが、りっぱな目的のある請願書ですぞ」やる気のなかった口調がいまや、セールスマン顔負けの熱意にあふれている。マイロが「その目的というのは？」と尋ねると、老人はクリップボードを軽く叩いて強調する。「さよう、マイロ・クレインを

錯乱させるという構想を計画どおりきちんと進行させたいと、われわれは願っております。ご承知のとおり、幽霊、妖怪、悪鬼といった連中は、この措置に大賛成しておりますが、評議会のメンバーの中には、クレイン氏をほんの数秒だけ、軽く混乱させて放免すべきだとしつこく言い張る向きもあるのです。そこでお尋ねしますが、それは公正なやり方でしょうかな」「ですが」とマイロは言いかける。「ぼくが――」そこで口ごもるが、意図せずはっきり名乗ってしまったに違いない、クリップボードを持った老人は、やはりクリップボードを持った別の男を呼び寄せてこう告げる。「おい、信じられるか、この御仁《ごじん》は自分こそマイロ・クレインだとおっしゃるんだ」二人の男は若者をじろじろながめ回す。若者はふと気がつく。晴れ続きの冬の、とりわけ陽射しの強い日だというのに、二人の肌は濡れたように光っている――いや、泡立っている。まるで二人にだけ降りかかる雨の中に閉じ込められているみたいだ。小石を埋め込んだコンクリートの歩道にも、縁石のそばでアイドリングしている車にも、パン屋に出入りして戸口からイーストの香りの風を吹かせる買い物客にも、その雨は降りかかっていない。〝そうなのか？〟とか〝とてもそんなふうには〟という言葉がしばし交わされたのち、二人の男は結論に達したようだ。一人がマイロ・クレインに声をかける。「勘違いなさっていますぞ」もう一人も付け加える。「そう、そのとおり、貴君はマイロ・クレインではありません。マイロ・クレインなどではありませんとも」そしてだしぬけに二人とも消えてしまい、二つのクリップボードだけが音も立てずに地面に落ちる。なぜなら二人の男など実は存在しなかったからだ。若者は名前のない男で、杢調《もくちょう》のウールのスーツを着て一人で立ち尽くし、徹底的に錯乱している。

五　記憶喪失

光り輝く見知らぬ人たちが彼女に手を差し伸べる。優しさと同情のこもった声で「怖がらないで」と話しかける。そして彼女は怖がらない。見知らぬ人たちは「わたしたちを覚えていないでしょう」と告げる。そして彼女はその人たちを覚えていない。「あなたは戻ってきました」見知らぬ人たちは彼女を落ち着かせる。「それが大切なことなのです」

彼らの顔は水面に落ちる陽光のよう、一千の白と銀のジャックス（ジャックス遊びに使う六つの突起がついたコマ）が転がるようだ。彼らは彼女をぴったりとり巻き、その数は絶えず変化しているので、彼女は押し潰されないかと心配になる——というか、心配するべきなので、その可能性を残しておく——が、彼らの体は重さなどないかのように宙に浮かび、真ん中にいる彼女もまるで重さがないかのようで、だから潰されたりしないと信じられる。どんな角を曲がってここにたどり着いたのか、どんな路地や開いたドアを抜けてきたのか思い出せない。ふと気づくと、けさ足を突っ込んだ靴を履いていない。ワンピースやジャケットも着ていないようだ。仕事に行こうと地下鉄に乗った——それは間違いない。ターミナル駅のモーターが故障していたので、エスカレーターを普通の階段のように上らねばならなかった。ところが、溝のついたステップの奇妙な長さ配分——少しだけ奥行がありすぎ、少しだけ高すぎる——と、蹴上《けあ》げのカーブした金属板があいまって、彼女は巨大なのこぎりの歯をよじ登っている気分になった。つかのま地下道の出口が逆さまになり、上っているのではなく下りているという感覚があった。こめかみのくらくら感、温かな一陣の風、そしてだしぬけに、光り輝く見知らぬ人たちが彼女をとり巻いていた。彼らはいま、あらゆる方向から――あり得ないことに上と下からも――彼女を包み込んでいる。空も大地も彼らの顔に明るく照らされ、まるで火がついたようだ。彼らの顔貌はめまぐるしく入れ替わるため、融合するか、さもなくば燃えて崩れるだろうと彼女は思う。だが彼らの顔は融合しない。燃えて崩れたりもしない。ただ小刻みに移ろっていく。

光り輝く見知らぬ人々は言う。「わたしたちはあなたの兄弟姉妹です」そして彼らはまさに言葉どおりのもの――彼女の兄弟姉妹だ。彼らは言う。「じきにあなたはふたたびここでくつろげるようになります」そして彼女はそこでくつろげるようになる――〝ふたたび〟という点さえ信じていいと感じる。彼らは言う。「いつか近いうちに、あなたは理解します」そしていつか近いうちに、彼女は理解する。自分はしばしのあいだ生きており、それ以前は生きていなかったが、いまはふり出しに戻ったわけではないと。彼女がその中から生まれた非存在と、彼女がその中へ入ってきた存在後はまったく同じとは言えないのだ。彼女はかつてのような特権を持った魂でもない。故郷の安らぎの中でまどろみ、自分はほかの魂と違って、いつの日か目覚めても、どこから来たか覚えていると強く確信していた魂ではない。

六　きのうの長い連なり

これが初めてではなく、百度目ですらないが、銀行の頭取《とうどり》は一九八七年三月三日火曜日の夕方六時三分に、執務室の窓辺に立っている。ガラスの向こうで二羽の鳥がにらみ合い、レーズンのようなものを巡って争っている。空はカップケーキのフロスティングのような桃色だ。はるか下のほうで配達のトラックがクラクションを鳴らす。苛立《いらだ》ちを示す音が距離によって好ましい響きに変化する。その風景はどこまでも穏やかで玩具《がんぐ》めいているため、最初のときは、人生の只中《ただなか》のほんのつかのま、頭取の心を説明しがたい安らぎ、何もかも大丈夫だという深い確信で満たしてくれた。けれども八度目の、あるいは十九度目の反復ののちに彼は気がついた。この日のこの時間に、クラクションは常に好ましく響き、鳥たちは常にレーズンをついばみ、空は常にカップケーキの桃色なのだ。かくして、その風景の美と魅力にもかかわらず、頭取は退屈さと変化のなさに打ちのめされている。この倦怠《けんたい》は一九八七年三月三日六時三分のせいではない——そう限定することはできない。ほかの瞬間もすべて同じように代わり映えしないからだ。たとえば一九四〇年七月二十六日金曜日の午前十一時二十四分。その日は姉の八歳の誕生日だ。幼いころの頭取は裏庭でレモネードを飲んでいる。ピクニックテーブルに乗せた肘に赤みが差し、巻いた紙でできた吹き戻しは、息を吹き込むと左へよじれる。あるいは一九七二年十二月六日水曜日の午前四時三十六分。頭取はホテルのテレビのカ

ラーバーを見ながらジントニックの氷をかみ砕いている。親指のささくれをぼんやりつまみ、前歯で食いちぎる。氷で唇が冷えているため、ちくっとした痛みは和らげられる。あるいは二〇〇六年八月十日木曜日の午後三時。頭取はゴルフボールを追ってラフを歩いており、そのとき彼の心臓がぎゅっと拳を握る。次の瞬間、頭取はV字形の幹を持つキササゲの木の下に仰向《あおむ》けに倒れている。陽光の中、風が木の葉をかき乱すにつれて、明るい緑と暗い緑の描く模様が変化していく。心臓が止まったあと、幽霊となって、人生のどんな瞬間であれ、何度でも再訪できると知ったときは喜んだものだ。しかし、どんなに並外れた瞬間も、たびたび同じようにくり返されればお決まりの型になってしまうと、頭取はまもなく気がついた。彼はいま不安に思っている——やがて自分が幽霊であることを、果てしなく続くこの反復が自分の人生ではないことを忘れてしまうだろう。物事がまだ初めて起こり得たころはどんなふうだったか忘れてしまうだろう。だがさしあたり、頭取はまたしても執務室の窓辺に立っている。一九八七年三月三日火曜日の夕方六時三分。空は桃色だが街灯はすでに灯《とも》され、長く連なった光点は、頭取にはわからない理由で、遠くにあるものほどまばゆいように見える。

幽霊と運命

七　ヒッチハイカー

トリードに行くところかと彼女に尋ねるヒッチハイカーは、言うまでもなく死神だ。彼女がそんなヒッチハイカーに遭遇するのはこれが初めてではない。これが最後でもないだろう。道端にヒッチハイカーが現れるのは、彼女が死亡したのにまだそれを知らないというしるしであり、証拠でもある。少なくとも一日一度、たいていはもっと頻繁に、薄くなりかけた髪、ひどく日焼けした顔の男、またはだぶついた服、大きなO字形の鼻孔の男、またはひきしまった体、川藻《かわも》色の目の男が、彼女が渋滞にはまったとき車に近づいてきて、砂の上に降り注ぐ砂を思わせる声——衣擦《きぬず》れのように優しげだが、骨っぽい響き、関節炎めいた響きもある——でトリードについて尋ねるのだ。忘れもしないある火曜日には十二人と出くわした。最高記録だ。

自分は亡くなった、それはちゃんとわきまえている。およそ十七年前のことだ。コロラドの州立公園を訪れ、崖縁の展望デッキからのパノラマに感嘆していたところ、いきなり一本のモミの根元に墜落して呆然としていた。彼女は手足の状態を確かめて立ち上がった。どこにも問題はなさそうだった。頭はクリアーだし、骨は奇跡的に折れていない。ただし腰に青あざが広がっていくのはすでに感じられた。

ところがその日の午後、公園の入口で一人のヒッチハイカーが、それ以後彼女が何千回も聞くことになる質問をしてきた。「トリードに行くところですか」続けて数人のヒッチハイカーと会ったあと、彼女は自分が死んだのではないかと疑い出した。さらに二、三人が現れたとき、自分は死んだに違いないと確信した。彼女も馬鹿ではないのだ。だけど気づかないふりをしている限り――と彼女は考えた――ヒッチハイカーたちは彼女を連行したり、断罪したり、変貌させたり、昇天させたり、消滅させたりしないだろう。彼女は安全に生者の中にとどまり、来世の暗闇ではなく現世の光の中で、外食も、テレビ視聴も、ガーデニングも、ネットサーフィンも思いのままだ。だからヒッチハイカーの問いかけへの返事は常に、いいえ、トリードには行きません――といっても、返事をするとしたらだが。たまに疲れていたり急いでいたりするときは、よく聞こえないというように耳を叩いたほうが簡単だとわかっている。最初のうち、彼女の愚かさにヒッチハイカーたちは苛ついているようだった。この女、どんなとんでもない勘違いをしたら、自分が生者だと信じていられるんだろう、まったく筋が通らない。そう思って呆《あき》れているのがわかった。一、二年のあいだ、彼らはものは試しと、スーパーやフィットネスクラブ、映画館やヨガスタジオで彼女に近づいてきた。そういう場所では、どんな理屈をつけようとも、どんなに辛辣に訊かれようとも、彼女がトリードに行く途中のはずはないのだが。しかしとうとう彼らは、本来の環境である中央分離帯や街角に戻り、自分は墜落して生き延びられなかったのだと彼女が気づくのを待った。

このごろ彼らは密《ひそ》かに諦めているように見える。確かにトリードについて尋ね続けてはいるが、それは単なる習慣であって、何かを期待しているわけではない。結局のところ、彼女は自分の真の状況がわかっていないふりをいつまでも続けていられるのだ。それは難しいことではない。決して妥協しない己《おのれ》の姿勢によって、宇宙の秩序の抜け道が明かされたのだと彼女は確信している。必要なのはただ――と彼女は考える――どんなに頻繁に質問されても、そのたびに相手を欺き続けること。そうすれば光り輝く老齢まで、のみならず、永遠にだって生きられるに違いない。

八　願い事

いまはもうだれもが理解していた——願い事を口にするときは、あくまで具体的に述べるのが肝心であると。だから魔法のランプを手に入れたその女は、精霊《ジニー》がローズマリーと点火したマッチの香りをまとって現れて以来、三か月と九日のあいだ口をきかず、何かを書き記しもしなかった。言い方をちょっと間違えるだけで運が尽きてしまうとわかっていたのだ。金貨でできたエベレスト山の下で窒息死したり、彼女への愛によってつまらない人間になった男に一生縛りつけられたり、ぬかるんだ荒地を女王として治めるはめになったり。いやいや、とんでもない、脳内の小さく静かな文法研究室に身を隠し、じっくりと時間をかけて考えたほうがいい。いつか願い事が付け入る隙のないものになったら、彼女も沈黙を破るだろうが、それまでは自分の言葉を念入りに吟味し、挿入句を入れたり外したりし、構文をこまごまと手直しして、あらゆる願いのあらゆるピースが申し分なく組み合わさるようにしなくてはならない。その間《かん》に蓄えが底をついたり、友人をなくしたり、健康を損ねたりしても、それがどうしたというのだ。結局のところ、上手に願いさえすれば、そんなものは一瞬で取り戻せるはずなのだ。

　ジニーは彼女の苦境に同情していた。何世紀にもわたって願い事を呪いに変えるうちに、願い事の不正確な点、曖昧《あいまい》な点が、あまりにもはっきり見えるようになっていた。ジニーはときおり、言葉に馬櫛《うまぐし》やブラシをかけて、一つ一つの願い事をグルーミングし、人々が心に願うことと、口に出して求めることをぴったり一致させたらどうなるかと想像した。けれどもジニーには演じるべき役割があり、それを演じる義務があった。一連の出来事はめったに変化しない——だれかがランプから彼を解放し、お決まりの言葉を発する。最初は〝わたしは《アイ》〟、続けて〝願う《ウィッシュ》〟。毎回、その二言目の発音とともに、大いなる希望と愛情の叫びがジニーの中に湧き上がってくる。ひょっとすると、とジニーは考える。ひょっとすると、これがその人間なのかもしれない。ついにこのおれを出し抜く人間。正しくやってのける人間。だが一瞬にしてその叫びは途切れてしまう。さらなる過ちを犯したさらなる人間の沈黙、幸運が悪運に変わるときの空《うつ》ろで恐ろしい死の音に打ち消されるのだ。やつらはみんな同じだった、人間というやつは。少なくともジニーを器から呼び出した人間たちは。やつらはあまりにも多くを望み、すさまじい不運をその身に招き寄せた。

その女は集中のあまり口をきつく結んで座り、辞書と類語辞典をめくっていた。ジニーは渦巻く雲でできた下半身の上から彼女を見下ろした。過ぎ去る時間が三か月だろうと三日だろうと、三年だろうと三秒だろうと、ジニーにとって大した違いはなかった。もうじき彼女が願い事を浪費し、ジニーをランプに戻すのはわかっていた。緑青《ろくしょう》をふいたあのブロンズの牢獄《ろうごく》の中で、ジニーは一千の幽霊にとり憑《つ》かれている。下手な願い事をした連中が、人生を破滅に導いたと言ってジニーを責め続けているのだ。

九　遊び方

1．〈幽霊トークン〉を一つ選ぶ。2．〈亡霊の山〉からコインを一枚引き、どの部屋に出没するかを決める。3．あなたの〈幽霊〉と同じ色の人体型ペグを見つける。これがあなたの〈人間〉たちとなり、めいめいに数字が二つ書いてある。一つ目はその〈人間〉の疑り深さ、二つ目は勇気を示している。それぞれの〈人間〉の下面に三つ目の数字が隠れている。〈幽霊ポイント〉の数値だ。あなたの〈人間〉たちを好きなように——だがよく戦略を練って！——ボード上に配置する。4．プレイヤーは順に〈霊魂サイコロ〉をふり、自分の〈幽霊〉を〈屋敷〉の中で動かしていく。どちらでも好きな方向へ廊下をさまよっていけるが、ボード上の矢印に来るまで引き返すことはできない。5．部屋に入るたびに、〈おばけの山〉からカードを一枚引く。そのカードを使って、ほかの〈幽霊〉とマスを交換したり、部屋のドアではなく壁を通り抜けたり、選んだ〈人間〉から対戦相手の〈幽霊〉を祓《はら》ったりできる——三十六通りの胸躍る可能性からどれか一つ！　6．自分のものではない〈人間〉のいるマスに来たら、その〈人間〉にとり憑こうと試みねばならない。まず〈霊魂サイコロ〉をふる。出た数がその〈人間〉の疑り深さより小さければ、〈人間〉はあなたに気づかず、あなたのターンは終了する。それ以外のときは、もう一度サイコロをふる。二度目に出た数が〈人間〉の勇気より小さければ、あなたは〈人間〉から身を隠す。出た数が〈人間〉の勇気と等

しければ、あなたは〈人間〉を怖がらせ、マスを一つ選んで相手を逃げ込ませることができる。出た数が勇気より大きければ、あなたは〈人間〉にとり憑いて、その〈幽霊ポイント〉を得点に加えることができる。7．別の〈幽霊〉がいるマスに来たら、相手を追い払おうと試みねばならない。〈霊魂サイコロ〉をふり、出た数を自分の〈幽霊ポイント〉に加える。その合計が相手の〈幽霊ポイント〉より小さければ、試みは失敗し、あなたのターンは終了となる。合計が相手の〈幽霊ポイント〉より大きければ、もう一度サイコロをふって、出た数だけ相手の〈幽霊ポイント〉を奪いとれる。合計が相手の〈幽霊ポイント〉と等しければ、攻撃対象の〈幽霊〉をボード上から完全に追い払える。8．最初に〈屋敷〉全体を自分のものにするか、あらゆる〈人間〉にとり憑いたプレイヤーが勝者となる！　おめでとう！　9．勝者の〈幽霊〉はゲームの枠から外に出ることができる。10．プレイヤー仲間の一人を選んでとり憑き、家までついていく。11．相手の電灯をちかちかさせる。相手の眠りを妨げる。相手の左手周りの気温を十度くらい下げる。毎夜二時十五分ぴったりに、相手の電話をちょうど一回だけ鳴らす。相手が口に運ぶ食べ物を片端から腐らせる。相手を愛する可能性のある人物を片端から追い払う。相手の悲しみを増大させる。相手の喜びを台無しにする。12．一か月後、次のゲームの夜――やった！――が巡ってきたら、あなたの標的に何があったのかとプレイヤーたちが話すのに耳を傾ける。だれか最近、彼から連絡もらった？　いきなりいなくなっちゃったみたい。それはそうと――と、あなたが部屋を出るとプレイヤーたちはささやき合う――だれか気がついた？　あの人グラスを口に当ててたのに一口も飲まなかった。それに、ジョークを聞くたびに笑ってたけど、わざとらしかったし、ワンテンポずれてたよね。あの人、すごく顔色が悪くて、すごく距離が感じられて、まったく別のところにいるみたい――みんなそう言ってうなずき合う。

十　運命の天秤《てんびん》

ここのオープンカフェに、運命のバランスが完璧にとれた男が座っている。彼にとって、人生の良い面と悪い面、陰と陽は完全に釣り合っている——しかも、いずれそうなるといった単なる憶測ではなく、そのときその場で、きわめて細かい点にいたるまで釣り合いがとれるのだ。たとえばいま、男が食べているサンドイッチはマヨネーズのせいで滑りやすく、レタスの四分の三が一口目で口に滑り込んでしまった。不運。一方、トマトは並外れて分厚く新鮮で、頬が落ちそうなほど甘酸っぱく、まさに一級品に違いない——トマトの名を高めるトマトだと男は考える。幸運。あるいはもっと重大な例を挙げよう。先週、男は栄《は》えある特別研究員に選ばれ、二年間毎月、奨励金を給付されるという手紙を受けとった。手紙の「もう一度、おめでとう」の箇所まで読んだとき、銀行から電話があり、何者かが男の当座預金を全額引き出したと伝えられた。男の人生はこれまでずっと、そうしたエピソードでいっぱいだった。いっぱいどころか、あふれ返っていた。十代のころのガールフレンドと付き合ったのは、学校から家に歩いて帰る途中、車に接触されたあと、彼女に助けてもらったのがきっかけだった。昨年の春、歯根管《しこんかん》手術が終わって目が覚めると、激戦だったマンションの理事選挙に勝利していた。祖父が亡くなった日には、飼い犬が仔犬を四匹産んだ。そのとき彼は一年生で、まだ乳歯も抜けていなかったが、目の前にある等式の意味をすでに理解していた。

世界は彼に仔犬に換算した祖父の価値を示しているのだ――どうやら四匹分らしい。これでおわかりのように、不運と幸運の相関関係は男にとって哲学的な問題ではなく、ましてや信仰でもなく、いま現在、じかに味わっていることなのだ。男は運命が中庸を守らない瞬間に立ち会ったためしがない。よいことが悪いことを打ち消すし、逆もまた真なりだ。結果として、男は己の人生を、高くなったり低くなったりの連続ではなく、高くて同時に低い状態がずっと続くものと考えている。運と不運はときによって大きかったり小さかったりするが、差し引きすれば中くらいの、まったく同じレベルが維持されている。男はあらゆる困難をわくわくと小躍りして迎え、思わぬ幸運を得るたびに、先を見越して強い不安を覚える。人生において恐れているのは、夢見た仕事に就《つ》いたり、恋に落ちたり、クジに当たったりすることだ。男は知らないが、彼の運命の完璧なバランスは、別の男の、いや別の二人の男の存在を必要としている。一人の人生は幸福そのもので、もう一人の人生はそれを補完するように災難の連続だ。二人の完璧にアンバランスな人生と、男の完璧にバランスのとれた人生とでバランスがとれているわけだ。惑星の片側、このオープンカフェで、男はサンドイッチを食べ終えて口元からぞんざいにソースをぬぐっており、反対側ではその対照的な二人が、それぞれの過剰な人生を送っている。一人は強靭《きょうじん》で、裕福で、肉体の喜びに輝くばかり、もう一人は愛されず、頭がよすぎ、病原体を山ほど抱え、幽霊にとり憑かれている。

十一　どんなにささやかな一瞬であれ

　幽霊仲間のあいだで気のいいぼんやり者として知られる方向音痴の幽霊が、とり憑いている家の中で曲がる角を間違え、掃除用具入れと五感では捉えられないエーテルのあいだを左に折れて、気がつくと何百マイルも先の、粉雪が宙を舞うにぎやかな街角にいた。雑踏と騒音にまごまごし、引き返してわが家と考えている静かな部屋べやに戻ろうとしたが、時すでに遅し——大混雑する人込みの中、道を忘れてしまっていた。そんなふうに方角がわからなくなるのは、彼女には比較的よくあることだ——日常茶《さ》飯事《はんじ》とは言わないが、珍しいこととも言えない——が、これまでは道に迷っても、常に別の幽霊がすぐ近くにいた。親切な魂が彼女の見落としていた扉や、入り損ねていた路地を指し示してくれた。ところが、大きくて重い体を運んで歩き回る生者に囲まれていると、助けを求めるのはそう簡単ではなかった。彼女はだれかが気づいてくれるのを待った。だれも気づいてくれなかったので、びくついた顔の犬をハンドバッグに入れて運んでいる老婦人に目をつけた。

「失礼ですが」方向音痴の幽霊は声をかけた。「わたし——」だが犬がしきりに吠えているというのに、老婦人は幽霊に一瞥《いちべつ》もくれず、よたよたと通り過ぎてしまった。次に彼女はビジネススーツを着て、ブレスミントを口に放り込んでいる男性に話しかけ、次いで体の冷えを気合で追い出すべく引きつった笑みを浮かべた、やせぎすのティーンエイジャーを選び、次いで青いサージカルマスクをつけた、だらしない服装の女性を選んだ。「あなたならきっと――」と幽霊は言い、「あの、ひょっとして――」と声をかけたが、みんな彼女を無視してせかせかと縁石を越え、車の奔流の中へ歩いていった。十フィートも離れていないところで、眠気まじりの驚き――まるで火を見つめているような――という奇妙な感覚を抱いて彼女の努力を見守っていたのは、一人のホットドッグ売りだった。その男は二、三分前に彼女が現れるのを目撃していた。いままでに幽霊を見たことはなかったし、実は幽霊を信じてもいなかったが、彼女を構成する粒子が降るように湧いてくるのを見て、幽霊なのは一目でわかった。男はおそるおそるカートのそばへ幽霊を呼び寄せた。そして彼女の窮状を理解するが早いか、歩道にオレンジ色のペンキで書かれた、埋設管関連の数字を指し示した。「あの＋記号が見えるだろ。あんたはあれの二、三フィート上、たぶん一インチくらい左にずれた空気の中から出てきたぜ。この目で見てたんだ」幽霊は持ち前のぼんやりした温和な態度で男に礼を述べ、次の瞬間、忽然《こつぜん》と消えてしまった。男は幽霊がいた場所を見つめて立っていた。彼は少し前に六十歳になったところだった。これまで生きてきた歳月と、まだ自分に残されている歳月を正当化してくれる瞬間――どんなにささやかな一瞬であれ――を人が渇望する年齢だ。男は自分にとってのそんな瞬間が、たったいま過ぎたのだとしみじみ感じていた。なんの変哲もない街角で、はかなすぎて舗道に落ちる前に消えてしまう雪の中で。

十二　集まり

幽霊たちがとり憑いていたのは家ではなく、最初から人間だった。だから人間がウィルスに——最初はぽつぽつと、やがて百万単位で——屈服すると、幽霊たちは家を出て、頑丈な者、孤独な者、幸運な者、生き延びた者の周りに集まるようになった。死者の世界は生者の世界とぴったりくっついている。静かで落ち着いたとなりの王国から、幽霊たちは伝染病の広がりをながめていた。幽霊にとってそれは湖に降る雨のようだった。最初は水面にピンでつついたような銀の点がいくつか生じ、たちまちどこもかしこも沸き立つように乱れ、しまいには風に吹かれた水滴がぱらぱらと落ちるばかりになる。嵐が去ったあといきなり、世界はふたたび日光に照らされた。しかし生き延びてそれを見ることになった唯一の男は、裕福な世捨て人で、極度に神経質だった。社会生活のきまり悪さに悩まされ、すっかり縁を切っていた。男にはあらゆる会話、あらゆる交流が——ごく短い事務的なものまで——新たに傷を負う機会となった。無数の人との出会い、それに伴う無数の小さな切り傷——故意に与えられた傷、勝手に負ってしまった傷、どちらも思い出すと同じくらいの痛みを覚える。本音を示す沈黙のあとの笑顔。金銭やセックスを差し出されること。〝あなたはどう思う〟〝ちょっとお時間を拝借〟といった言葉。どれもこれも彼には耐えがたく、要求や誤解に満ちているように思えた。だから何年か前、財産の一部で小さなタヒチの島を買った。見つけられる中でいちばん孤立した、自給自足できそうな島で、ウィルスを広める握手、くしゃみ、ハグ、キスとは地理的な条件のおかげで縁がなく、たまたま風向きがよかったために、ウィルスを媒介する蚊もいなかった。シダとココヤシに囲まれたバンガローで、男はただ昼と夜が過ぎていくに任せていた。

何か月も他人と会わなくても平気だったし、実際にしょっちゅうそうしていた。かわりにハンモックに横たわって無気力にゆらゆらしていた。もはやジェット機は空にチョークの線を引かず、遠くの海面で上下に揺れるボートもなく、まともな注意さえ払っていれば、何かがおかしいと気づいたはずだった。けれども死者の数が増えるにつれて、彼らの占める空間が窮屈になってきたことは推測できるはずもなかった。ウィルスが仕事を終えたころ、死者たちは男の周りにバターのようにみっしり群がっていた。男の体に、細胞一つ分だけ距離を置いて、形がなく、詮索好きで、決して隙を見せない何かが張りついている。それはもっといい場所を求めてゆっくりと策を巡らせ、男の生の障壁のそばで脈打っている。男の生は昔よりはるかに空っぽだが、はるかに孤独ではない。

十三　ミラ・アムスラー

「きみだよ！」彼女のとなりに座った男が言う。「おめでとう！」何が起きているのかよくわからないうちに、保湿クリームで顔を光らせた彼女はステージの上へと案内される。カメラのフラッシュで目の奥に青と緑の光輪が生じる。また視界がクリアになったときには、だれかからトロフィーを手渡されている。台座に載っているのは逆さになった銀の涙滴《るいてき》で、二本の太い腕がお腹の真ん中で合わさっている。プレートに彫ってあるのは「最優秀新人賞」の文字、その下に彼女の名前——ミラ・アムスラー。だしぬけに視界の高いところから、顔をめがけてパンチが襲ってきて、彼女は身をすくめる。だがそれはマイクの黒いグリルにすぎない。猛禽《もうきん》の嘴《くちばし》さながら力強くこちらへ突き出されたのだ。彼女はあたふたしながら言う。「予想もしていませんでした。スピーチは用意していません。正直なところ、ここがどこかもよくわかってないんです。ほら、パジャマを着ているでしょう？　それに髪もシュシュで後ろに束ねているし。だけど、ありがとう。ありがとうございます。心からお礼を言います」嘘偽りのない気持ちを述べたのだが、ユーモア混じりの謙遜《けんそん》に聞こえたに違いない、ステージを下りるときには、温かい笑いが湧き起こっている。だれかの声が宣言する。「少し休憩を挟んで、毎年恒例、第四十一回スピリッツ・チョイス・アワードの発表を続けます」ミラはそのアナウンスを聞いて疑問を口にする。え？　なんのこと？　さっき彼女におめでとうと声をかけた男が言う。「これかい？　ビッグナイトだよ」「どういうビッグナイト？」とミラは尋ねる。「わかってるだろ。例の夜さ。最近のいちばんめざましい業績に栄誉を与えるんだ。対象は死者と、死にかけた者」「でもわたし、死んでません」ミラは口を挟むが、男は先を続ける。「おやおや、きみってば。最後まで言わせてくれなかったね。死者と、死にかけた者と、もうじき死ぬ者。この賞は丸一年をカバーしている。きみが死ぬ予定なのは――」男はプログラムをめくる。「七月七日みたいだ」ミラの頭の中は疑問で騒然としている。だが、どれを訊いたらいいかわからないうちにセレモニーが再開される。プレゼンターが封筒をあけるが早いか、またしても彼女は自分の名前を耳にする。今回は「天災または大事故における最優秀主演者賞」だ。こちらへ寄せられる歓声や口笛、背中をポンと叩く手によって、自分は圧倒的有力候補だったのだと察しがつく。マイクに向かって彼女は言う。「それって、わたしの休暇中の話でしょうか。何が起こるんでしょう。チケットをキャンセルしたほうがいいのかしら」二、三分後、彼女の名前が三度目に呼ばれる。「いちばん滑稽な致命的大失敗賞」だ。喝采《かっさい》が横殴りの雨のように彼女に押し寄せる。「さてさて」ＭＣがくすくす笑う。「ここからが最高ですよ。もう一回ビデオを見てみましょう」照明が暗くなり、クリップ映像が流れ始める。ミラはすでに階段を半分上りかけているが、脚はそれ以上先へ進もうとしない。彼女はその場で――舞台のエプロンから二、三歩離れたところで――立ち止まり、次に受けとる悲惨そのものの賞を待っている。

幽霊と自然

十四　ゾウたち

さる厚皮《こうひ》類《るい》学者がアフリカゾウの鳴き声を研究していた。ある日、最新の現地録音を聞きながら目を上げると、キャンプのキャンバステント群からほんの数メートル先、黄色い泥が黄色い草にこびりついているあたりに、一つの群れ全体が、芝居見物でもしているように集まっていた。学者はステレオの一時停止ボタンを押した。ゾウたちはたちまちせわしなく活動を始め、首をかしげ、肩で押し合い、鼻やしっぽをぶらぶらさせた。学者が再生ボタンを押すと、ゾウたちはまたぴたりと動きを止め、耳をあちこちへ向けた。なんと興味深い、と厚皮類学者は思った。それから一時間、学者は実験を十回あまりくり返し、その都度《つど》同じ結果を得た。一時停止して再生。一時停止して再生。音が流れていると、群れは決まって静まり返った。音がやむとすぐ、群れは活動を始めた。そのうえ――と学者は気がついた――スピーカーからどんなうなり、鼻鳴らし音、パオーンという声の組み合わせが流れたかによって、再生のあと、ゾウたちの注意は違う一頭に、あるいは何頭かに引き寄せられるのだ。ゾウたちは互いにこう尋ねているようだった――いったいどうやったの。おまえはここにいるのに、あっちからおまえの声がしたけど。どうやったら一度に二つの場所から呼びかけられるんだい。学者のような根っからの行動主義者にとっても結論は明白だった。群れのメンバーは一頭一頭の声を聞き分けられるのみならず――そこまではもう科学的に立証されていた

——録音でもそれを聞き分けられるのだ。そこで生じてくる疑問は、オリジナルな声、生の声と再生の区別はつけられるのかということ。さらに数週間観察しても、厚皮類学者は答えに近づけなかった。好奇心に駆られてあるテストを考案し、リストの中から古い録音をひっぱり出した。六か月ばかり前に、象牙をとるために殺された雌リーダーの親愛の呼び声だ。学者はやぶと茨《いばら》のエリアにスピーカーを隠し、安全な距離まで引き返したのち、リモコンを作動させた。ゾウたちは興奮して吼《ほ》え、サバンナをどすどすと走り回った。何度も立ち止まって鼻を持ち上げ、耳の向きを変え、巨体でいっせいに移動し、雌リーダーの隠れている場所を探し出そうとしている。呼び声が止まったあとも、群れは彼女を探し続けていた。何日ものあいだ、彼女のいちばん上の娘は何も食べず、何も飲まなかった。乾いた川岸に立ち尽くし、いたましい様子で砂浴びをしていた。何年かあとの講演で、プロとして最大の後悔はなんですかと訊かれたとき、厚皮類学者はこの出来事を深く恥じ続けていたため、打ち明けることができなかった。だがゾウたちにとって、それは新たな幽霊譚《たん》時代の基礎をなす物語となった。いいかい、子供たち、驚異と悲しみの物語をお聞き。高い草の中に隠れていた幽霊、七匹の蛇のように鋭く鳴いた幽霊、戻ってきてまた去っていった幽霊の話を。

十五　白馬

死んだ動物や行方不明の動物とコミュニケートする能力で名高いペット霊媒師《れいばいし》は、玄関の呼び鈴が鳴るのを聞いた。男が一人、客間にすっと入ってきた。色黒でたくましく、ひどく沈んだ顔をしており、彼女の霊能アンテナによれば猫派でも犬派でもなかった。それですぐに珍しい客だとわかった。クライアントの九十九パーセントは一目見ただけで、怯《おび》えたり取り乱したりしているペットの飼い主だとわかるし、彼女の元に来るのはひとえに、亡くなった最愛の犬や猫の幽霊と話がしたいからだ。さらに変わっているのは、男がかぶっている帽子だった――たくさんの棘《とげ》が生えた金色の飾り輪《サークレット》で、額に赤いへこみが残るくらい重そうなのだ。もっと前の世紀なら、あるいはもっと王様風の頭に載っていれば王冠と呼ばれただろうが、彼女の見たところ、男はそれを照れも気どりもせずに頭に載せていた。彼女が自己紹介もしないうちに、男はある馬の居所が知りたいのだと告げた。「ご心配なのですね」とペット霊媒師は言った。「わたしにはわかります」それから馬の特徴を尋ねた。男はそっけなく「白だ」と答えた。その色の馬がほかにもいるとは思いもよらぬかのように。「男の子ですか。女の子ですか」と彼女は尋ねた。「雌馬だ」その馬はわたしの務めに欠かせないのだと男は続けた。だが、恥ずかしながら手綱から手を離してしまい、馬は逃げ出してしまった。もっと困ったことに、馬の革帯にはわたしの弓と矢筒がつけてある。「あの馬がいないと仕事ができないのだ」と男は言った。「しかも悩ましいことに時間は限られている」

ペット霊媒師は背筋をしゃんとさせ、両手をテーブルに押しつけた。もちろん最善を尽くしますが、と彼女は告げた。動物の声は気まぐれなものですし、魂が恥ずかしがることもあります。わたしも昔のように若くはなく、力もかつてほど強くはないのです。このすべては中身のないおしゃべり――単なる演出であり、彼女の太いアイラインや玉虫色のスカーフと似たようなものだった。捜している動物を見つけ損ねたことは一度もなかった。実際、ほんの少し霊力で探ってやるだけで、男の馬の居場所は銅鑼《どら》のように頭の中で鳴り響いた。地図を見るまでもない。あなたの馬は市の公園で見つかりますよ、と彼女は男に告げた。二つの噴水のうち小さいほうの近くでホソムギを食べていますけど、この時間だったら、と付け加えて、七号線が再舗装のために一車線通行になっていますから、タクシーよりも電車で行くほうが速いでしょうね。男は小袋から二、三枚の硬貨を出して「かたじけない」と礼を言った。男が椅子から立ち上がるのを見て、ペット霊媒師は栄誉を与えられた気持ちになった――家のドアをくぐった大勢の奇人たち、いままで助言を与えた大勢の愚者たちの中で、この人はいちばん変わっていて、いちばん愚かなところがないわ。男が去っていくと、部屋はつまらない場所になったようだった。その後十五分ばかり、彼女のキャンドルも水晶玉もドリームキャッチャーも、馬鹿げた安ピカものの群れに思えた。やがて蹄《ひづめ》の音が街路に響くのが聞こえてきたので、霊媒師は戸口に出た。王冠をかぶって弓を持ったあの浅黒い男が白馬にまたがり、矢を一本放つごとに疫病を広めていた。

十六　さらなる諸動物

ある人物がどんな二種類の動物を合わせたものか明らかにする薬は、たちまちセンセーションを巻き起こした。薬はすみやかに、正確に、痛みもなく作用した。カプセルにY77とプリントしてある緑と黄色の薬を飲み、三、四分待つだけで、外見のみならず性格の根底まで、自分がマスクラットとバイソンの、またはガチョウとクモの組み合わせであると、いっさい疑問を残さずはっきり理解できる。その知識はあたかも宣告のように人の中を駆け巡り、たちまち無条件に血流の中へ溶け込んでいく。自分がボブキャットとトビであるとわかった女性は、そう、そうよね、だってほら、と考える——猫科の優雅さと、猛禽《もうきん》類の鋭敏さ、彼女を理解する鍵、彼女がこうである理由。アルマジロとタツノオトシゴである男はその薬によって、自分の変人ぶり、防御の固さ、寒さや病気への弱さ、ひいてはお腹に一群の子供たちを入れて運びたいという密《ひそ》かな願い（タツノオトシゴは、卵が稚魚になるまで雄が腹の育児囊に入れて保護する）さえ説明がつくと納得する。証拠と判定はぴったり一致しており、すべてが実に明白で論理的だった。人々は薬パーティを開き、客たちは直感といままでの付き合いを元に、カプセルによってお互いがどんな二種類の動物だとわかるか当てようとした。「彼女はネズミイルカとグレイハウンドだ」「いや、半分シカで半分ガゼルだろう」「狡猾《こうかつ》で危険な動物だよ、スズメバチと、オオカミってとこかな」——そうした予想に反し、彼女がカタツムリとペリカンだとわかったら、問題の女性以外の全員が大喜びするというわけだ。動物もまた――たいてい研究室や病院で――薬を与えられ、人間と同じように、それぞれが二種の異なる動物を合わせたものと判定された。内在する動物の一方がヒトだとわかることも多かった――が、おかしなことに、ほかの霊長目《れいちょうもく》にヒトが内在する例はなく、猫は常に猫プラス猫だった。数年のあいだ、特に好ましい内在種を共有する男女が、その動物を次世代に伝えるべく子供を作ることがよくあった。ところが通常の遺伝学的手法はうまくいかないようだった。二人とも本質が馬と雄羊《おひつじ》である両親から、ヤマアラシとアリである子供と、サイとクマである子供が生まれたりするのだ。それに関する科学的な説明は不可能だった。一方、それに関する宗教は大いに栄えた。実践的な福音《ふくいん》主義者のあいだにさえ、人間は寿命が尽きたら一つのヒトの魂になるのではなく、自分を構成していた二匹の動物（またはケダモノ）の魂に分かれるのだという考えが定着した。そうした死後の生を慰めだと思う者もいれば、天罰だと思う者もいた。その違いは主に、当人が自分をハイブリッドだと思っているか、キメラだと思っているかによって生じた。言葉を変えれば、もともと存在してもおかしくなかった生物か、決して存在してはいけなかった生物か。

十七　ミツバチ

彼らは厳密に言うとミツバチではない。彼らはミツバチの形をしている。ビロードのように毛羽《けば》だった丸いものの端に針が一本。彼らはミツバチのサイズだ。人間の親指の先から第一関節までの大きさ。それに彼らはミツバチのような動きをする。上下に跳ね、直進し、円を描き、ふいに向きを変えて、目まぐるしく揺れ動くダンスを踊る。どうしてもミツバチだと考えたくなるが、彼らはミツバチではない。たとえば翅《はね》がないし、毒液も分泌《ぶんぴ》しない。ブンブンいわず静かに飛ぶ。ミツバチと同じようにせっせと働き、行動範囲《フィールド》と呼べそうなところで作業するが、彼らが集めているのは花粉でもなければ花蜜でもない。さらにもう一つの違いも見過ごしてはならない。彼らはミツバチのように働き者で、ミツバチのように楽しく過ごすが、ミツバチのように命を持ってはいない。彼らは生の世界の外縁、死の世界との狭間《はざま》に棲処《すみか》を作り、空っぽの境界に沿って飛び回る——肉体が肉体とは異なるものになり、時間が永遠と混じり合う、目に見えないほど細いあのラインに沿って。ミツバチはそこで巣を組み立てる。いくつもの穴が組み合わさった大きな円《まる》い板で、彼らの活動によって震え、脈打っている。ミツバチの群れは長く連なったり波打ったりしながら巣を離れ、また戻ってくる。選んだ道を行くこともあれば、でたらめに飛ぶこともあるらしく、いつコースを維持していて、いつそれを変更するのか見てとることはできない。ただ、どうやって座標を選んでいる

にしろ、彼らは本物のミツバチが花の上で停まるように、死んで間もない者の上で停止する。つまり、目的は持たないとしても、本能に導かれて活動しているのだ。彼らの小さな境界世界をゆらゆらと越えていく者があるたびに、ミツバチの一匹がすかさず逆さになってその人間をちくりと刺す。彼らが何かを集めているのは明らかだ。エネルギー。幽体。物質の影でできたもの。彼らはその何かを——何であるにしろ——運びながら、人から人へと飛んでゆく。その後彼らは、それのせいで丸々とした姿で巣へと引き返す。実際のところ、この場所にあるのは、いま述べた三つのものだけだ——ミツバチ、巣、人間性を急速に失っていく〝かたち〟の大群。さて、これでもう記すことは一つしか残っていない——ミツバチが飛んでいる境界の領域は、どちら側からも抜けることができる。つまり人間は死ぬときにそこを越えて、歴史の中から永劫《えいごう》の中へ入っていくだけでなく、誕生の際もそこを越えて、永劫の中から歴史の中へ入ってくるのだ。ミツバチは第一のかたちの群れと、第二のかたちの群れの区別がつかないらしい。こうした人間が実際に花のようなものであり、ミツバチが集めているのが花粉のようなものであるとしたら、生じる疑問はただ一つ、だれがだれに花粉を与えているのか——生者が死者に授粉しているのか、それとも死者が生者に授粉しているのか、ということだ。

十八　風景を損なうもの

男はふと思いついた。風景の色をくすませる何千万という木々は自分より長く生きる定めなのだ。そう気づいてひどい屈辱を覚えたので、できるだけ多くの木を滅ぼしてやると誓った。十八歳までに、一家の農園に生えていたオークを一本残らず伐採し、三十五歳までに、南部でもっとも成功した商業不動産開発業者となり、六十四歳で死んだときには、都市数個分の木を消滅させて、ヒッコリー、ヤナギ、マツ、ヒロハハコヤナギを、ショッピングセンター、駐車場、オフィスビルで置き換えていた。その敷地に残っている植物は、変によじれた形や妙な三角形に刈り込まれ、男の腋毛《わきげ》なみにまばらだった。これ以上生産的な生涯を男は思いつかなかった。だが幽霊として目覚めたとき、まさにその何千万もの木々の幽霊に囲まれていると知って、男は限りない怒りを覚えた。木々はどこまでも続いているかに見えた。幻めいた多彩な葉の下に、ゆらゆら揺れる幹の迷路。そよ風のようなものが枝のあいだを吹いてくる。太陽のようなものが葉の後ろで輝いている。ここは地獄に違いないと男は思った。一夜が過ぎ、一日が過ぎた。男は木の生えていない空き地を求めて歩き出した。だがどこに行っても新たな木々が空間を塞いでいた。何週間もたったとき、まったくの偶然から、男は木々を殺す方法を見出《みいだ》した。悪意をしっかり標的に向けて、斧《おの》をふるうように手で一打ちすれば、その木は倒れ、樹皮と小枝の豪雨となって地面に降り注ぐのだ。地獄じゃないかもし

れんぞ、と男は思った。天国かもしれん。一本一本、木を殺しながら、男は森を進んでいったが、ある日カエデの大木が、倒れるときに回れ右して男をぺしゃんこにした。どうやら幽霊も死ぬようだ。というのもまた目が覚めたとき、男は新たな場所にいたのだ——単なる幽霊ではなく、幽霊の幽霊となって。ここの土のほうが肥沃《ひよく》で、ここの空気のほうが温かく、彼の周りにはいまいましい新たな木々が茂り、色あせた茶色と緑で彼の目を攻撃してきた。ここの木々は、前の木々より殺すのが大変だった。幹がもっと太く、飾りボタンめいた節がいくつもあるのだ。次に彼が死んだとき、木々はタンポポのように細くて小さく、千本単位でなぎ倒すことができた。その次のときには、木木はほとんど水でできていて、軽く一突きするだけで輪郭からこぼれ出した。さらにその次のときには、木々のせいで男の体に吹き出物ができ、それは命に関わるとだんだんわかってきた。とうとうある日、幽霊の幽霊の幽霊の幽霊の幽霊の幽霊として目覚めたとき、男の足は土に根を張っていた。どんなにもがいても足を自由にすることはできない。もっとひどいのはそこの木々だった。樹皮と樹液でできた大群が路上市《ストリートフェア》の歩行者のように、彼のそばをぞろぞろ通り過ぎていくのだ。木木はしょっちゅう彼に手足をぶつけてあざを残した。おぞましい獣たちだ。松かさや木の実が葉叢《はむら》から落ちてぶつかってくる。木々がどすどすと歩むにつれて植物のいやなにおいが立ち昇るが、連中は男に気づいていないようだ。ぴくりとも動かないでいれば、と男は思った。ぴくりとも動かず黙っていれば、たじろいだり叫んだりしなければ、なんとか気づかれずにすむかもしれない。無事《ノッ》でいられますように《ク・オン・ウッド》（直訳すれば「木でできたものをコツコツとたたく」。災いを避けるまじないとして、そのしぐさをしたり、言葉を唱えたりする）。

十九　木々の納骨堂

自分が死体の中に――もっと正確に言うなら、自宅の材木になった木々という、百の死体の骨の中に――暮らしていると男が気づいた夜は、男が眠るのをやめた夜だった。日中に彼の身に起こる問題は、ほかのあらゆる人間の身に起こる問題と変わらなかった。支払うべき勘定、しなければいけない仕事、治療せねばならない病気。だが、夜中に彼を悩ませる問題はまったく違うところから、心のずっと奥、熱とこだわりがひしめく湿地帯から生じてきて、悪夢なみに――ただし男は目覚めていて意識があるが――奇抜な筋書きを差し出してきた。たとえば神について。神がもし全能ではなく、それどころか特に有能でもなく、敗者、負け犬だったとしたら？　優しく愛情深いかもしれないが、混沌《こんとん》と苦痛の軍勢に強さで負けているとしたら？　この世界のありさまが神にできる精一杯だとしたら？　あるいは地中の虫について。虫はうじゃうじゃいるから、地中では巨大な脳のひだのように寄り集まっているに違いない。その脳がふいに意識を持ったらどうなるだろう？　そしていまは、木々とその乾いた死体について。生まれてからずっと、自分は何も考えず、その遺骸に包まれて暮らしてきた。木製のテーブルで食事をした。木でできた床を歩いた。本や雑誌のページを漫然とめくった。木の板に囲まれて呑気《のんき》に時間を過ごしてきた。昼間ならその考えに悩まされることはなかっただろうが、こうしてブラインドから差し込む月光を浴びてベッドに横たわっていると、全身が不安におののくのだった。垂木《たるき》が頭上にかぶさっている、壁が周りにそびえているといきなり意識し、目の前でイメージがすみやかに進行していく。破壊的な機械が木々を足首のところで切断し、皮をはぎ、体液を抜きとり、肋骨《ろっこつ》から扉を作り上げる。そして男は、愚かな人間の見本は、何も知らずに木々の死体の中に足を踏み入れる。骨でできた家をなんと呼ぶんだっけ？　霊廟《れいびょう》。納骨堂。穴居人《けっきょじん》の判断は正しかった。崖の側面にあいた穴を見つけて、動物のようにその中で縮こまっているほうがいい。まさにそうすべきなのだ。そのとき、さらにひどい考えが浮かんだ。もしも木々の幽霊が存在するとしたら？　その幽霊たちが体を求めて戻ってくるとしたら？　明りを消し、布団にくるまって、何者かの気配を感じるのは初めてではなかった。股間で何かが緊張し、血管は氷のように冷たい脈を打ち、家は土台の上で一度きしんで静かになった。

二十　空から降ってくるもの

幽霊の雨が降ったあと、大地は苔《こけ》と黒コショウのにおいがして、建物の輪郭は揺らぐようだったが、やがて太陽が現れ、水たまりを乾かし、土にできた窪みを盛り上げたので、世界はまた元どおりになり、変貌などしていないかに見えた。町は数週間、いつもの日課を続けた。学校のベルは九時と四時に鳴った。車は赤信号で連なって停まった。土曜日には川辺の物産市がにぎわった。雷鳴すら伴わず、空気がらせんを描く百万の死者の魂に満たされた朝を忘れるのはたやすかった。なぜかだれ一人、〝これから起こりますよ〟という変化の声を聞かなかった。春が夏に変わりかけたころ、最初の木々が幽霊の実をつけた。それはいきなりそこにあった。淡い斑点《はんてん》のある青い玉が山ほど実って枝の先で揺れていた。その実を摘みたいという気持ちは抑えがたく、摘みとったらかぶりつきたくなった。皮は歯を立てるとかすかな煙を発した。だが舌に触れる果肉は煙のようではなく、軽くふわっとしていて汁気があった。生のままだと、甘い汁を含んだキュウリのような不思議な味で、焼くとブドウそのものではないが、ソーダや棒つきキャンディに入っているグレープ風味の添加物みたいな味がした。美味な果実だった。種子はＢＢ弾なみに硬く、芯の乳緑色の裂け目からとり除かねばならなかったが、種子以外の部分は、まさにその果実が呼び覚ます飢えを――完璧に――満たしてくれるようだった。だが食べて少しするとそれが起こった――食べた者の中で扉がバタンと開き、そこを通って別人の亡霊が漂い出てくるのだ。自分のアイデンティティのとなりに第二のアイデンティティが寄り添い、頭の中に広がったり、指先にうずきを与えたりするのは、元気が出ると同時に面食らう体験だった。州立公園より遠くへ旅したことのない人々が亡霊を宿し、自分が東京の混んだ地下鉄やスラウェシ島の岩窟墓について話すのを聞いて驚いた。子供たちは夫や妻がもう愛してくれないと不平を言った。球場のレジ係は、自分が書いたと主張する詩を暗唱したが、それが何語かわからないそうだった。こんなふうに付加される個性が、一、二日以上とどまることはめったになかったが、だれもが——男も女も一人残らず——自分のそれが去っていくのを寂しく思った。人生は二組の記憶を中に含んでいると、はるかに大きいように思えた。十一月には収穫があらかた食べ尽くされ、幽霊たちはおおむね消化されていた。一月にはほとんどの人間が、たった一つの魂しか持てなくても仕方ないと諦めていた。だが三月までに、例のBB弾が土の中で根を出したことがわかった。夏にはあちこちの畑の隅で種からきゃしゃな若木が育っていた。そして九月には、最初の硬く青い幼果《ようか》が葉のあいだにできているのが見つかった。それ以後、少なくともこの町の人々は、人生の広がりを感じ、畏敬《いけい》混じりの疑問を抱きながら日々を送った。この世界から、そしてもう一つの世界からも糧《かて》を与えられて。

二十一　作中で太鼓が鳴る物語

ある男が完璧に満ち足りた気分で庭の芝生を刈っている。あらゆる人生にはリズムがあると男は考え、草の上に薄緑と深緑の帯を残して行ったり来たりしながら、自分も独自のリズムを見つけたのだと感じている。男は芝刈り機を押して進むのと同じ具合に時間の中も進んでいる。一歩一歩前に出て、今週から来週へ決然と方向転換し、休止と頑張りの安定した模様を描き出す。男にとって人生とはそのようなものであり、人生の大きなリズムと庭仕事の小さなリズムが――一時的にかもしれないが――一致していることで、自分はこの世界になじんでいるばかりか、二重になじんでいるのだという気分になる。こちらに男の一つのバージョンがある。主な活動は芝生を刈ること。あちらに男の別のバージョンがある。主な活動は存在し続けること。男の中で、二つのバージョンが一体となって動いている。かくして男は完璧に満ち足りている。

　男がまだ幼く、四つか五つだったころ、父親はよく、一家のエンジン式芝刈り機を押しながら、息子をデッキ部分に立たせてくれた。そこに乗ったまま庭のとなりの赤い家めがけて進んでいき、次いで反対の茶色い家めがけて進んでいったのを覚えている。マシンは刈りとった芝を芝生に落として長い畝《うね》を作り、音とにおいと運動によって少年に元気を与えた。エンジンの振動は体の中に同じ振動を生み、少年の声をロボットの声のように響かせた。エンジンを切ると決まって、トクントクンという脈拍のような音が聞こえてきた。だけどぼくの耳の中でするんじゃないと少年は思った。空気の中、お日様の光の中、土の中から聞こえるんだ。数分もすると音はいつも消えてしまった。あのころ彼の生活はあちこちへ跳ね回っていた。だが学校に上がるころには、しっかりとリズムを刻んでいた。そして年齢を重ねるにつれ、そのリズムはますます力強くなってきた。いまこうして草を刈っていると、それはまるで歌のリズムのように乱れることがない。車が一台そばを通っていく。男は運転手に手をふる。空は青い染料に二回浸したイースターエッグの色だ。空の後ろだか上だかにある、広大で空っぽな宇宙空間は、卵の殻みたいに丸くて白くて美しいはずだと簡単に信じられる。こうした瞬間、自宅のドライブウェイととなりのドライブウェイのあいだを行き来しながら、肌にそよ風を、頭皮に汗を感じていると、あんまり気持ちいいので、永遠に生きられるような気がしてくる。芝刈り機のエンジンが止まると初めて、子供のころからおなじみの、太鼓めいたトクントクンというゆっくりした音が聞こえてくる。遠くかすかな音ながら、休むことなく続いている。幽霊が大勢集まって男の生命の壁を叩く音だ。

二十二　お砂場計画

とうとう惑星の温度がまた下がり始めたとき、何千平方マイルという砂が浜辺に戻ってきた。そこはきわめて大雑把《おおざっぱ》な意味においてのみ、海岸《ビーチ》と呼ぶことができた。その場所は確かに海から陸に引き渡されたのだが、だれも訪れたいと思わず、まして住みたいとは思わなかったので、ジャイアントケルプの気胞《きほう》や、小さな二枚貝の殻が散らばる砂地はゆっくりと乾き、そこで種が芽吹いて、パンクなヘアスタイルのようなごわごわした草が生えてきた。塩水に濡れたそうした荒地は、雑草が生い茂って陰気くさく、カモメさえそこを避けていた。シーサイドの価値ある不動産になったかもしれない土地は、海など目に入らない砂の荒野と化し、それらの土地をどうすべきかという問題が生じてきた。やがて大統領は内務長官の進言により、〈大統領令５８７１６号〉、通称〈お砂場計画〉に署名した。その計画によれば、供給が絶えるときまで、アメリカの各家庭は、遊びに使える海辺の砂三十六立方フィートを無料で受けとる資格を得る。砂は洗浄されてバクテリアやその他の不純物を除かれ、丹念にふるいにかけられて、出てきた貝殻、骨、海藻、小石は廃棄される。連邦政府が借り上げた掘削機の一群が海岸をさらい、工場が建築されて砂を着色、加工し、列車や平台トラックからなる輸送システムがあらゆる家庭にそれを配り始めた。この計画は例によって野党から攻撃され、野党お抱えの論説委員に揶揄《やゆ》されたが、国の経済を真に動かす不動産開発業者は計画を温かく歓迎し、政府が唯一必要とする応援のしるし――多額の資金を差し出して後押しした。実業家や起業家は大西洋および太平洋に沿った長い区画を購入し、砂が消えるとともに、そこの土地は少しずつ地ならしされ、舗装され、肥沃になっていった。一年が過ぎるころには、沿岸にはショッピングモールや分譲マンションがにぎやかに立ち並んでいた。海はあいかわらず後退していったが、最悪だった砂浜はきれいにされており、結果として何百万という四角い砂場が国中の裏庭に置かれることになった。その中で山や堀を作って遊ぶ子供のほとんどが、砂場を持つのは初めてだった。指を砂に潜り込ませているとき、目に見えない魚がときどき体のそばを強引に通っても、幽霊じみたカニの肢先《あしさき》がたまにちくちくと皮膚《ひふ》を横切っても、子供たちは、そうか、お砂場ってこういうものなんだと考えた。子供たちは幼すぎて推測できなかった――そして親たちにとってもこの状況は初めてなので教えることができなかった――砂は大海の記憶を持ち続けているのだと。だから子供たちは、潮風のぴりっとした香りと、血流のような波の音にとり憑《つ》かれ、昔の子供たちもこうだったのだと思いながら大きくなった。波の音は静まったかと思うと高まってきて蘇《よみがえ》り、また静かになるのだった。

二十三　再生可能資源

さる大手多国籍石油化学企業のマーケティング部長はやせた男で、肌はインゲンマメのような淡黄色だ。Ｙシャツの首回りはぶかぶかで、眼鏡のおかげでまじめなインテリに見えるが、自分はその名に値しないと思っている。その大手多国籍石油化学企業の別のマーケティング部長はおしゃべりな人物で、肩も胸も盛り上がっている。笑顔はいくぶん気難しく――あまたの反証にもかかわらず――そこが己《おのれ》の最大の魅力だと考えている。二人の給料はだいたい同額、二人の権威はだいたい同等で、めいめいがどんな命令にも応える少数精鋭の部下たちを誇っているが、一人目の部長は燃料と潤滑油担当、二人目は織物と加工品担当で、そのことが――出世競争と並んで――二人の仲を徹底してこじらせてきた。そうでなければ、カクテルを二、三杯飲みすぎたあと、二人が松の生えた荒れた湿地を見下ろす黒い頁岩《けつがん》の絶壁の上に立ち、静かに、毒気たっぷりに言い争い、批判や悪態をいらいらと投げつけ合っているはずがない。

　重役研修旅行の最後の夜で、もうじき午前二時になるところだ。同僚たちはみな、寝ていないとしても建物の中にいる。少したってバシャンと音がしたら、何人かが目を覚まして外をのぞくだろうが、特におかしな点には気づかないだろう。週明けになってようやく、一人目の男の秘書と二人目の男の大家《おおや》が行方不明届を出すだろう。いま、部長の一人が〝再生不可能な資源〟と言い、もう一人が〝エネルギー密度〟と言い返す。一人目が〝自由裁量による活用〟と受け流し、二人目が〝開発のニューフロンティア〟とやり返す。そのとき、二人が立っている頁岩の大きなかたまりが、帆を叩く風のような音を立てて落下する。

水底の泥と貝殻でできた分厚い墓の中、十八トンの岩に押し潰されて、二人の部長は七百万年あまり発見されずに横たわっているだろう。最初の百万年は、めいめいの幽霊が肉体から離れるのを待ちながら過ごす。だが次の百万年が過ぎるころには真実を受け容れているだろう——肉体を離れるのは幽霊のすることではないと。三度目から七度目の百万年のあいだに、二人の部長はゆっくりと変化していくだろう。二人を構成する分子は形を変え、二人の周りに微生物が集まり、両者とも自分たちが横や上へ向かって、半マイル分の堆積物の隙間に少しずつ染みていくのを感じるだろう。しばらくのあいだ、沼地は藻類《そうるい》とプラスチックの海と化すだろうが、八百万年が過ぎるころにはシダの草原と卓状台地《メサ》の中に高く伸びる巨大な葦《あし》の野原になっているだろう。世界中のマイクロプラスチックゴミの中から新たな種が現れており、人間がそうだったように、地中から油をとり出す能力を持っているはずだ。そのときようやく——かつて二人の体だった炭化水素が蒸留され、火をつけられ、消費されたときようやく——二人の部長の幽霊は解放され、大気の中へ散っていき、そして消滅するだろう。

幽霊と時間

二十四　十三回の出現

少年の虹彩《こうさい》は左右の色が違っていた。それが彼女の気づいたことだった。片方は水底のような淡い青、片方は瞳孔と区別がつかないくらい濃い茶色。彼女が廊下の角を曲がると、台所の床にその少年が座って小さな金属のブルドーザーで遊んでいた。たぶん怖がるべきだったのだろう――少なくとも怒ってもよかった――彼女は一人暮らしなのだから。だが両脚を広げ、掌《てのひら》で顎《あご》を支えた少年はとてもか弱く見えたので、彼女は屈《かが》み込んで少年の髪をくしゃっと撫《な》でてやった。「家を間違えたんじゃない？　どうしたの、迷子になったの？」彼女に触れられて、少年ははっと息を呑んだ。そして「ママ！　ママ！」と叫びながら玄関のほうへ逃げていった。ほんの二、三秒置いて彼女は追いかけたが、玄関はすでに閉まっていて、少年はいなくなっていた。おかしな坊やだった。

　三十分後、コーヒーテーブルに置いたコースターをいじっていると、濡れた革のキノコじみたにおいがいきなり部屋に漂ってきた。一人のティーンエイジャーが、色あせたブルージーンズとぼろぼろのテニスシューズという姿で、彼女のそばをのしのしと歩いていった。少年はテレビをつけ、彼女の姿を目にしてびくんと飛び跳ねた。それからリモコンを投げつけてきた。彼女の喉は締めつけられ、口から出てくるのはきしむような恐怖の声だけだった。そのときそれが起きた――見逃すはずはない――少年の体が液体と化して小さく破裂し、泡がはじけるように四散《しさん》したのだ。少年が消え失せる前のわずかな瞬間に、その目に見覚えがあるのに彼女は気がついた。左はコーヒー豆のような茶色、右はワスレナグサの青。

その日あと十一回、少年は彼女の前に現れ、すぐさま消滅した。たった一瞬のうちにポン！ と消えてしまう。見かけるたびに五歳年をとっていた――やせていることもあれば、太っていることもあったが、常にあの忘れがたい目を、紛《まぎ》れもなくあの少年のものである茶色と青の目をしていた。二十歳、二十五歳、三十歳、三十五歳、現れるたびに完璧にくつろいでいる。彼女がヒイラギシダに水をやりに行くと、若者は額にハンドタオルを載せて椅子に座っていた。彼女が午後のお茶を淹《い》れたとき、若者は冷凍庫のアイスクリームをあさっていた。歯を磨こうと思ったとき、男は洗面所の鏡でもみあげを整えていた。彼女の一日という迷宮の中に囚《とら》われて、男の一生が過ぎていった。男が結婚指輪をはめ、それを外し、年齢を重ねていくのを彼女は見た。そのうちに、もう彼を見ても恐ろしくなくなり、男の顔に浮かぶ微笑からいって、彼のほうも彼女を受け容れ、むしろ歓迎しているとわかった。真夜中の少し前、彼女は廊下の突き当たりでうずくまっている男を見つけた。すでに老人で、腕をカンガルーのように曲げている。苦しげに小さく息を吐いて老人は言った。
「あなたか。戻ってくるとわかっていたよ。あなたがいるからここにとどまった――この家でずっと暮らした――出ていかなかった――長年のあいだ待ち続けて――」彼女は男の頰に手を当てた。すでに老人の輪郭は薄れかけ、いっしょに彼女の輪郭も薄れかけており、一瞬にして彼女は悟った。二人のうちどちらが本当にとり憑《つ》かれ、どちらがとり憑いていたのかを。

二十五　来世と死の事務処理機関

★

そろそろ初老と呼ばれる歳だが、生来の呑気《のんき》な気質を保ち続けている温和な中年男が、幽霊として来世に迎えられるという祝福の手紙を受けとった。手紙に添えられているのは二十五ドルの請求書で、同封の返信用封筒を使って小切手または郵便為替《かわせ》で指定の事務所に支払うことができる。温和な中年男は、こんな栄誉に値する人間がいるとしたらそれは自分だと思い、すぐさま小切手を切って準備を整えた。最初のうち、来世は楽しかった。気候は穏やかで住居は広々としており、ほかの幽霊たちも理想的な親密さで迎えてくれ、男が心地よい程度に、よそよそしくもなければお節介でもなかった。だが男が引っ越して八日ほどたったころ、同じ事務所から新たな手紙が届き、ふたたび二十五ドルの手数料を支払うように求めてきた。温和な中年男は、死ぬ前にこの支払いは済ませたはずだとほぼ確信していたが、生きているあいだに、いざこざとは起こす価値のあるものばかりではないと学んでいた。その言葉は男のモットーのようなものだった。それに二十五ドルはたった二十五ドルだし、この境遇を考えれば安いものだったので、銀行に赴《おもむ》いて銀行小切手を発行してもらった。それから二か月が過ぎ、男はそのあいだに昼前のウォーターエアロビクスと、午後のなかばのとり憑きというリタイア後の日課を確立していった。三通目と四通目の手紙は同じ日の郵便物の中にまとめられていっしょに届いた。一通は最近のもので、レターヘッドに「タルボット&ウォーフィールド債権回収会社」とあり、未払の手数料をただちに送金しなければ、来世における居住許可がとり消されるという警告状だった。もう一通は折り目が茶色く汚れていて、六週間近く前の消印があった。中身は新たな二十五ドルの請求書で、今回は〈支払遅延〉のスタンプが押され、公証人のエンボスとイニシャルが入っていた。便箋のいちばん下に赤いインクで、この電話番号になるべく早く電話しろと、温和な中年男に指示するメモが書かれていた。電話に出た女性は心から同情しているようだった。最近のシステムアップグレードによる混乱がいけないのだと述べ、お客様の重要情報をざっと確認させていただければ、おそらく清算が済んだことにできます、と言ってくれた。そして実際、男が生年月日を伝えるが早いか、女性は男の言葉をきっぱりした「ああ！」という叫びでさえぎった。「問題がわかりました。お客様の生年の上一桁が誤入力されていたんです。すぐに修正いたしますね」女性はうっかりして、1ではなく3をタップしてしまい、男の生年の公式記録はいきなり、男の没年の公式記録より一千年近くあとになった。その瞬間、そしてその後一千年のあいだ、温和な中年男は存在しないばかりか、一度も存在しなかったことになってしまった。

二十六　死亡記事

二〇一五年十二月二十日日曜日の朝九時五分から九時六分のあいだに経過した一分間は、しきたりどおり歴史の中に退《しりぞ》いていかなかった。その一分間は死亡した。前代未聞の状況だった。いままでずっと連続してきた時間にいきなり空白ができたのだ。続く六十秒間、時系列という巨大建築物全体が崩れ落ちるかに思えた。上層部が傾いてぐらぐらし始め、その周縁からぱきぱきと何かが外れる音が聞こえてきた。だがそのとき、九時六分が終了して、九時五分が残した穴にチクタクときれいに収まり、過去を構成する一分の長い連なりの中に新たな一分が場所を占めた。その後、時間はそれまでと同じように進んでいった――ただし六十秒が経過するごとに、ごくわずかな遅れが生じるようになった。一時間はあいかわらず一時間続き、一日は一日続いたが、その過程で、ほとんどわからないほどの休止が次第に積み重なってきた。それは過去が現在に追いつくたびにつかのま生じるのだった。長く連なったビーズのどれか一つがなくなったかのように、いまや時間の流れはかすかな摩擦を伴っていた。変化は穏やかで、存在の性質に新しくわずかなゆがみが生じたにすぎない。だが、かつての物事の様子を知っている者の目には、存在の基本的なあり方が、ごく微妙にであれ、どこか変化したことが徐々に明らかになってきた。人生はぼんやりしていて曲げやすくなった。二〇一五年十二月二十日日曜日の朝九時五分より前には、現実とはあくまできちんとして、規則的で、秩序立ったものだった。それ以後はもっとルーズで形を変えやすく、一分一分が空白を埋めるにつれて、伸びたり縮んだりするようになった。現実は経験を積んだ酔っ払いのように、気まぐれさを優雅さに見せかけて進んでいった。何度もうわの空になり、何度も隙を見せた。かつて時間はバランスを保っていた。いまではバランスを達成している――ちょっとした違いだが、それでも違いは違いだ。すべての原因はあれかもしれないし、ほかにあるのかもしれない。すなわち、九時五分の最後の一瞬の最後の一刹那《いっせつな》に、九時五分から抜け出てきた魂は、たったいま終わったあらゆることを携えていたが、時間の慣習どおりそれを過去に運ぶのではなく、来世に運んでいったのだ。九時五分三秒に、太平洋の真ん中の上空で隕石《いんせき》が光った。九時五分十六秒、花弁に癌《がん》の治療成分を含む植物の唯一の花がトレンチャーの爪《つめ》に潰された。九時五分二十四秒、トルコ東部の地滑りにより古代の村落の骨が地表に出てきたが、九時五分三十八秒、二度目の地滑りによってまた埋もれてしまった。九時五分五十九秒、無限に連なる波の中の最新の一つが静かに大海へ引いていった。いまやそのすべては消え失せてもはや存在しない。それ以後の世界が以前より捉えがたい場所になったとしたら、以前より気まぐれで信用ならなくなったとしたら、それは死んだ一分間の幽霊が起き上がって、とり憑こうとしているせいかもしれない。

二十七　中間地点

雨の跡がまだらについたピーコートを着て、煙草《たばこ》をくわえ、ウールのキャップをかぶり、港湾労働者風の外見をこぎれいな山羊《やぎ》ひげとスマートな靴によって和らげている男は、二方向に向かって年をとっている。誕生という固定された時点から、未来に向かってのみならず、過去に向かっても成長してきたのだ。この二つの状況のうち、一つ目は同時代のたいていの人間と——ひょっとすると全員と——分かち合っている。二つ目を分かち合う同時代人は、彼が知る限りほとんど——ひょっとすると一人も——いない。人生が双方向性を持つのは尋常でないと気がついたのは、男が幼稚園に上がってからだ。ある日うっかりして、母親の家に先祖代々伝わる磁器の花瓶を割ってしまった。どうして母さんはこんなに怒ってるんだろう、と男は不思議に思った。だって過去のそこには、いまぼくがバックパックを投げたのと同じクルミ材のテーブルに、割れてない花瓶がまだ載ってるじゃないか。ところが母親はやっぱり男を平手打ちし、寝室に追いやった。「百五十年よ」母親が父親にこぼすのが聞こえた。「あっさり割れちゃって」笑い声未満の声を母親は発した。爆竹の音のように鋭く、一瞬だけ響く声だった。そしてその瞬間、笑い声とも呼べないその音と同時に、雨の跡がまだらについたピーコートを着た男の目から鱗《うろこ》が落ちた。母さんはぼくとは違うんだ。父さんもぼくとは違うんだ。みんなが前にも後ろにも年をとっていくわけじゃないんだ。歳月が過ぎる

につれて、男は周りの人間が年老い衰えていくと同時に、若く元気になっていくのを目の当たりにした。男は羨《うらや》ましくなり、ふさぎ込み、不運だという気持ちにとり憑かれた。彼自身はどちらの方向へも若返ってはいかず、未来に向かっても過去に向かっても年老いていくのだ。男が周りの人間と同じテレビ番組にチャンネルを合わせ、同じ映画を見て、同じ選挙の喧騒《けんそう》を我慢しているうちに、年上の人間があとからあとから同世代人になっていった。十歳のとき、男には二十年分の人生経験があった——前に数えた十年と後ろに数えた十年だ。十二歳のときは二十四年分。二十五歳のときに両親に追いついた。四十八歳のとき祖父母と並んだ。いま男は五十歳で、まる一世紀を過ごしてきたと感じている。そしてこれが——と煙草を一吸いしながら男は考える——自分の人生のめざましい特徴だ。男が自分のものと見なしている時間、男が経験してじかに知っている時間は、実質上、ほかの人間の時間の二倍あるのだ。ときたま男は夜中に目覚めたまま横になり、なんて慌ただしい人生だろうと考える。一年一年が前の年より速く過ぎていくように思え、その加速ぶりは不安をかき立てる。しまいには男の幽霊が二台のロケットのように体から飛び出して、前方と後方の闇の中へすっ飛んでいくのだろう。かつて永遠はごく落ち着いて存在していた。だが彼の誕生とともに一種の分裂が生じ、時間はそんな状態の中を流れ始めた。そしてついに彼が死んだら、ふたたび永遠が戻ってくるのだろう。けれどもそれは急流のような永遠、ほとばしる永遠、スピードを増していく永遠だ。

二十八　時の巡り

幽霊は時計でいっぱいの国に住んでいた。時計の一部は木々であり、幹に規則正しく年輪を加えていった。時計の一部は風であり、草を波打たせカーテンを乱してちょっとした瞬間を際立たせた。時計の一部は人間で、心臓がポンプのように動いて秒を刻んだ。全生物界の背後には過ぎゆく時の太鼓があり、幽霊は大気の隙間に潜んで、流れ去る時間に黙って耳を傾けていた。幽霊は記憶にある限りずっと幽霊だった。よく覚えていない猛烈な痛みとともに泥と雨の中で命を落として以来ずっとだ。それからというもの、幽霊の視点から見た歳月はやむことのない弾幕のように過ぎていき、一世代を生み出したかと思うと、またたく間に次の世代と交替させた。子供は親になって年老い、寝たきりになり、すぐにその寝床も空になった。街路、フェンス、建物、記念碑は崩れて土に返った。だれがそんな変化を追いかけていられるだろう。だれがそうしようと思うだろう。幽霊とは、特定の家や草地や街角に自らを固定するもの――場所を選んでとり憑くものと決まっている。そうして粘り強く一点に注意を向けることで、水面を漂うサギさながら何世紀も流されていくのを防いでいるのだ。ところがこの幽霊はじっとしているコツがつかめず、物質世界は彼にとってどんどん意味のないものになっていった。とうとうあらゆるものが立てる時計の音が、うるさくてたまらなくなったので、幽霊は飛び回るのをやめようと決意した。

まず一軒の家を選んでとり憑いた。市の立つ広場のかたわら、丘の上にある小さな木骨造《もっこつぞう》の家だった。だが幽霊がそこに落ち着くより早く、時の巡りがその家を崩壊させてしまった。次に幽霊は一人の人間を選んでとり憑いた。初めての生徒たちに幾何《きか》を教える若い教師だった。だが幽霊が彼女に顔もろくろく見せないうちに、教師は引退して墓の中の骨になった。家とははかなすぎると幽霊は思った。そして人間とは雨粒のようなものだ。ついに幽霊は岩を選んでとり憑くことにした。町にある中でとりわけ古く動かしにくい岩だ。幽霊は意志の力をふるって、徐々にその岩に入り込むことができた。石とは独自の時間を刻むもので、とり憑いた幽霊もじきにそうするようになった。幽霊が驚き、安堵《あんど》したことに、岩と分かち合う時間はこれまでほど慌ただしくなく、もっとゆったりしていた。幽霊は岩の横にある亀裂から、せわしなかった季節の経過が緩やかになるのをながめた。野原は花を一気に咲かせるのをやめた。綿のような雲が空に浮かび始めた。岩の中は涼しくて静かだった。しばらくすると、木々が、草が、風が、心臓がチクタクいうのも聞こえなくなった。自分が幽霊であることも忘れているうちに、昼が過ぎ、夜が過ぎていった。幽霊は自分が大きな茶色い花崗岩《かこうがん》のかたまりにすぎず、落ち着き払って市の公園に鎮座していると思い込んだ。もはや虫たちが止まらない岩。もはや子供たちがよじ登らない岩なのだと。

二十九　ヒメハヤ

最初は自分の苦境が理解できなかった。死んで幽霊になるならともかく、生まれる何世紀も前に幽霊になるとはまったく訳のわからない話だ。彼の想像力では、そんな運命が己《おのれ》にふりかかるとは予想もできなかった。そこに現在があり、その片側に過去があり、反対側に未来があった。頭上には空、太陽、ちり紙のようにはかない三日月。地平線では崖のてっぺんが白い雲に囲まれている。時間と空間、と幽霊は思った。なんというごた混ぜ状態。幸い彼はしっかり者だった。明敏ではなくとも粘り強い思考力を持っており、世界が差し出す謎を片端からとり上げて吟味していった。こうして幽霊は、直感による全数調査とでも呼ぶべき作業により、自分の置かれた状況を把握するに至った。彼が見てとったのはこんなありさまだ――自分がいつか属するはずの肉体はさしあたり、遠く隔てられた何十億もの分子に分かれている。分子の一部は別の動物たちに用いられ、一部は果物、穀物、花、ハーブ、野菜の中に収まり、大部分は彼方《かなた》にあるさまざまな海域を漂っている。いくつかはむろん、確率の法則により近くにあるが、幽霊が見た限り、それらを足し合わせてもせいぜい腕のしみ一つ分にしかならない――肉体一つ分には程遠い。少なくとも大した体は構成できない。残らず集めても無駄だと幽霊は判断した。唯一の現実的な選択肢は、忍耐を重ねて待ち続けること。彼を世に出す定めの人間がついに誕生し、やがて死亡したら、幽霊はしかるべき場所に収まれるはずだ。ならまあいいさ、と幽霊は思った。何世紀かのあいだ辛抱していよう。さほど遠くない場所で、頁岩《けつがん》と黄色い粘土の川底を小川がちょろちょろ流れていた。日光が水面にもつれた明るい筋を描いており、ヒメハヤの群れが水中にもつれた明るい筋を描いている。岸辺の丈の高い草の中から、幽霊は手になる練習中の箇所を伸ばした。その部分が水の中に入ったとき、幽霊は思った。そこを囲んでヒメハヤの群れに穴ができるだろうか——。そのときふいに、水面の光が幽霊の中に焼きつくような感覚があった。次の瞬間、思考なみの素早さで幽霊は姿を消していた。宇宙が間違いを正したのだ。幽霊が戻ってくるまでに六百十八年が過ぎるだろう。彼を中に収めた肉体が機能を止め、幽霊が解放されるまでにさらに八十一年。その肉体は男性で、恰幅《かっぷく》がよく、どこか教授風だがどこか軍人風でもあるだろう。背中の痛みと乾燥肌に悩まされ、石鹸《せっけん》のにおいを漂わせている——それらはほぼ徹底して平凡なその男が持つ、ごく個人的な特徴だ。男には幼児のころからたった一つ風変《ふうがわ》りな点がある。そんなはずがないほど、可能とは思えないほど長く生きてきたという感覚を持っているのだ。

三十　前後に揺れる物語

春のあとに夏が来て、秋になり、夏が来て、それでおしまいだった。一週間、ひょっとすると二週間、木々はこの上なく艶《つや》やかなオレンジや赤の葉を見せていたが、その葉はもろくなったり落ちたりせず、ただ刷毛《はけ》の先のようにかすかに揺れていた。鳥の群れが空中に網目を描き、渡りの準備をするかに見えたが、日が沈むとまた木の頂《いただき》へ散っていった。くる夜もくる夜も空で半月が光っていた。やがて十月が十一月に転がり込むはずの日に、木の葉はまた葉緑素に満たされ、陽射しは明るくなり、気温は上昇し、新たな夏が訪れた。時間の川は後ろへ向かって流れていた。クモは糸をひっこめ、カボチャは茎の中に戻り、雲は渓谷の水を吸い上げた。世界はまず十月の中を滑るように引き返し、次いで九月と八月を越えていった。とうとう七月の真ん中の陽炎《かげろう》が立つほど暑い午後、一、二時間のうちに、虫たちがさかさに発する甲高《かんだか》い鳴き声の中、時間はゆっくりと息を切らし、速度を緩め、停止し、回れ右した。日々はまたいきなり前に向かって進み始めた。ほらあそこで、クモが、雲が、カボチャが、巣を作り、雨を降らせ、蔓《つる》の上で丸く膨らんでいる。どの一分も、その前に来た一分のあとに続き、そのうちまた十一月一日が近づくと、何もかもゆっくりになり、停止し、引き返し始めた。時間は結局のところ川ではなかったようだ。時間とは振り子だったのだ。二、三か月のあいだ一方向に進み、次の二、三か月は反対方向に進む。木々はまた緑になり、次いでまた黄色くなり、太陽は東に向かい、次いで西に向かい、人々は少し年をとったかと思うと少し若返った。中には死んだ者もいて、死後は幽霊になったり無に返ったりしたが、いずれその肉体はふたたび形を得て、息を吹き返した。だが、何か月かかけて一揺れするごとに、時間の描くカーブはわずかに小さくなっていった。時間が弧を描くのは、七月下旬から十月なかばまで、十月初旬から八月初旬まで、九月一日から九月十五日まで――シュッ、シュッ、シュッ――とうとう連続する小さな揺れが一点に収束していき、時間はすっかり止まってしまった。時間は川ではなかった。時間は振り子ではなかった。時間は垂直のラインだった。九月八日金曜日、三時一分すぎに時間は停止した。すべてが変化を止めた。焚《た》き火は彫刻と化した。波は海の中からノコギリの刃を立てていた。これが――この瞬間が――永遠が生じる瞬間だった。永遠を包むのは楽園の輝きではなく、忘却の暗黒でもなく、記憶と予感に満たされた静寂のみだった。

三十一　小さなロマンスとハッピーエンドを含む タイムトラベルの物語

コインローファーを履いた少女が愛読する物語には、一定のパターンが存在した。それはシンプルで整然としたタイムスリップの物語で、彼女のようにコインローファーを履いた娘たち、夢見がちでまじめな娘たちが、きわめて単純でちっともややこしくない形で――科学とは無縁でパラドックスにも悩まされない形で――タイムトラベルを経験するというものだ。そういう物語には何かの装置や宇宙船など出てこない。光線を発したり、光輪を回転させたりする巨大マシンなど出てこない。ただちょっとした魔法が働くだけだ。入口、魔法書、幽霊、あるいは頭をごつんとぶつけるだけでもいい。どういう仕組だろうと大した違いはない。大事なのは時間の中でのスリップ、そして読み手に与えるこんな確信――正しい一押しさえあれば、自分の人生を維持したまま、自分の時間の外で目覚めることができる。スリップした先の人々は、この子は特別だと察するけれど、その理由をちゃんと説明することはできない。遠い昔のどこか――少女はよくそう思い込もうとした――そこに至る道さえ見つけられたら、現実離れした情熱的なロマンスが体験できる。それは強く運命づけられ、どんな障害も乗り越えるロマンスだ。本の表紙にはよく〝時間という障害さえも〟と保証してある。そういう物語、少女が愛する物語のヒロインは、十四歳以上二十一歳以下と決まっている。少女と同じ長い赤毛で、少女と同じハシバミ色の目で、ひょんなことから過去へと――未来ではなく――旅することになる。ときには現在に戻ってくるが、戻る気があったわけではなく、ずっと戻ったままでもない。なぜなら過去こそヒロインが真に属する時代だからで、最後のページまでに必ず、彼女は過去に引き返す道を見つけるのだ。ヒロインの冒険には、一見悲劇に終わりそうだが実は単にややこしいだけの恋愛が漏れなくついてくる。相手は墨のような黒髪を持つ大人の男（または若者）で、青い瞳に含まれる氷は正しいキス――彼女のキス――によって水に変わり、不愛想な態度は優しい夫（または恋人）らしい傷つきやすさを隠している。そしてハッピーエンド――そこが大事なところだ。とはいえ絶望的な始まりも重要ではある。その手の物語の中でも最高の部類の作品では、主人公の少女が、風変りでかなり時代遅れな内気さの奥に人とは違うものを持っていて、いままで注がれていたよりずっと多くの愛情に値すると立証されたあと、第一章の終わりでコインローファーを履いたまま扉をくぐり、するとたちまち光が、空気が変化したのが感じられる。彼女はコインローファーに差し込んだ硬貨が自分を過去に運んできたのだと知る。硬貨の刻印が一九七八年なら一九七八年に。一九二五年なら一九二五年に。一九三二年なら一九三二年に。年号は一致しなくてはいけない――それがルールなのだ。彼女が自分の時代に戻る方法はただ一つ、古い硬貨を現在の硬貨と入れ替えること。だからタイムスリップの物語を愛読する少女は常に、足に合った一足きりのコインローファーを履いていた。準備を整えておきたかったのだ。遅かれ早かれ、単なるドアではなく、現実のちょっとした裂け目である扉に出会えると心の底でわかっていた。そのときには、どうしようかと悩んだりしないつもりだ。

幽霊と思弁

三十二　ファンタズム対スタチュー

彼の名前はファンタズム。その能力は空間を非連続的に移動すること。彼はよくこう説明した。たいていの人間は途切れていない線に沿って、少しずつ空間を進んでいくが、自分は、ファンタズムは、無数の細かい穴を通るように空間の裏へ退いていき、次いですぐそばの、あるいは遠方の空間からふたたび現れるのだ。いままでずっとそうだったわけではない。子供のころの彼は、ほかのみんなと同じように空間内を移動していた。歩いたり、走ったり、たまには自転車に乗ったり、ローラースケートを履いたりして。だが若き素粒子科学者だったころ、一兆分の一の確率の事故によりラムダ放射線の奔流を浴びて以来、まるで幽霊さながら、空間を瞬時に出入りできるようになった。かくして彼はスーパーヒーローとなった。正直なところ、きわめて強力なスーパーヒーローではないし、きわめて実戦向きのスーパーヒーローでもないが、スーパーヒーローには変わりない。問題は、ある場所から別の場所へ進む際に、その能力を使う以外の選択肢がないことだった。たとえ移動先が数分の一ミリしか離れていなくても、ファンタズムはある地点から消えて、目的の地点に現れねばならない。たとえばハンバーグをひっくり返したいときも、コンロのそばの現在位置から消え、そことほぼ重なる位置にまた出現する必要がある。その場所ではほとんど変化は起きておらず、ただ、彼の手とフライ返しの角度が変わっているだけ――どちらも裏返しになっているだけ

だ。だが実際のところ、フライ返しを握り続け、へらの部分をハンバーグの下に差し込んだままにするには、まず角度にして一度だけ手をひねらねばならない、というか、彼がスタートする地点とほぼ一致する地点で空間から出現し、手の中の柄《え》の向きがわずか一度のずれを示すようにしなくてはならない。同様にして二度、三度と柄を動かしていき、ついにフライ返しとハンバーグをいっしょに見事ひっくり返すのだ。次々に重なる動きがあっというまに達成されるので、傍目《はため》には普通の人間が、スーパーヒーローの能力など使わずにハンバーグを返しているように見えるに違いない。

けれどもその一方、ファンタズムは、そうしたいと思えば、まばたきするあいだに世界の反対側に赴《おもむ》くことができた。彼の仇敵《きゅうてき》、スタチューはファンタズムを生み出したのと同じ素粒子関連の事故の被害者だが、ファンタズムとは違って常に体が硬直し、その場から引きはがせず、どう見てもまったく移動できないようだった。ラムダ線に襲われた日以来ずっと、背筋を伸ばしたまま、悪意たっぷりの退屈そうな顔でコンクリートの台座に立ち、公園やマーケット、大学の中庭や墓地を見渡していた。スタチューの能力は、うっかり彼に触れた人間を動けなくすることだった。ファンタズム以外だれ一人、犠牲者を解放することはできなかった。一度、ただ一度だけ、ファンタズムはスタチューの体に接触したことがある。スタチューは己《おのれ》のスーパーパワーを発動させ、ファンタズムも自分のスーパーパワーを発動させ、不倶戴天《ふぐたいてん》の敵同士である二人はたちどころに、空間というもののない下層宇宙《アンダーバース》に遍在《へんざい》していた。アンダーバースとは、すべての場所の狭間《はざま》で吹き荒れる電子の奇妙なブリザードで、そこではどの地点もほかのあらゆる地点と変わらないのだ。そのわずかな一瞬、二人のうちどちらが静止し、どちらが動いているのか、どちらがヒーローでどちらがヴィランなのか二人とも判断できなかった。

三十三　足跡

この物語は寓話《ぐうわ》だ。これまでに耳にしたことがあるかもしれない。昔、一部が巨人で、一部が幽霊で、一部が魔術師の男がいた。男は目を見張るほど巨大で、冥界《めいかい》の無気味さを漂わせ、あり余る魔力を持っていたため、男のことを知る者はその姿を見かけると、身を震わせ顔を隠してひざまずいた。男の周りには崇拝と恐怖と憧憬《しょうけい》の波が渦巻いていた。その男が常に己と敵対しているという事実がなければ、世界は彼の慰み物になっていただろう。結局のところ——と男は思っていた——砦《とりで》サイズの魔術師など、どれほど神秘的だというのだろう。壁や塀を無害にすり抜ける巨人など、いかほどの脅威を与えるだろう。それに呪文や魔法など、幽霊の品位を落とすものではないのか？　問題は自分が三人ではなく一人の人間であること、いや、一人の中に三人が存在することなのだと男は信じていた。この不可分性、それこそが重荷だった。存在の恐るべき粘着性こそが。そして男はこんなにも強力でありながら、それについてはどうすることもできなかった。自分は三人の偉大な人物であるべきなのに、三つの部分を持つ一人の人間であり、救いがたいほど損なわれ、体面を傷つけられている——その思いは、不完全だという思いは、男を苦しめ、煩悶《はんもん》させた。男は長きにわたり、幾度も自分をねじ切って三人に分けようとしてきた。失敗を重ねるにつれ、ますます激しく奮闘したが、その努力によって周囲のすべてが破壊されても、男の肉体は汗ばんであざができる程度だった。魔術師である部分は、空中に記号を描いて幽霊の部分を追い出そうとし、呪文を詠唱して巨人の部分を持ち上げ、己を解放しようとしたが、これこそは彼が祓《はら》うことのできぬ唯一の魂、持ち上げることのできぬ唯一の山だった。かわりに――単なる偶然だとしても――魔術師は木々から枝をもぎとり、大岩を持ち上げて湖や山腹に放り出した。巨人である部分は己の胸を乱打し、手足をひっぱって、幽霊と魔術師を叩き出そうとしたが、すこぶる不器用なため、学校や納屋や教会をひっくり返しただけだった。幽霊である部分は右へ左へ身をよじり、肉体からの出口はないかと探したが、骨でできた檻《おり》は堅牢《けんろう》そのもので、飛び出していくのは幽霊の怒りと願望ばかりだった。それは猛烈な風のように彼から吹き出して、森を破壊し、川を引き裂いた。こうして、一部が巨人、一部が幽霊、一部が魔術師である男は、とり乱しつつ地上をさまよい、自分を三つに裂こうと悲壮な努力を続けた。ほかのことは何一つ意に介さなかった。男の背後、彼の人生の岸に沿って、目路《めじ》の限り伸びているのは三組の足跡であり、三人が通るところ必ず消滅と荒廃が横たわるのだった。

三十四　乗客たち

宇宙船団が到着したときには、一連の微生物関連の事故によって、地球から生命は失われており、残るはむき出しの岩、灰の混じった水、人間の幽霊の群ればかりだった。エイリアンたちは惑星の表面をせいぜい午前中の半分くらい探検し、航海日誌に「生命の兆候なし」と記録してふたたび出発した。太陽系数個分離れたところで、二等機関士が先頭の船の構造フィールドに現実性《リアリティ》のわずかなアンバランスが生じているのを見つけた。たぶんちょっとした診断上のエラーだろうし、そんなことで一等機関士からいじめを、ありありと予想される侮辱と脅迫を受けるリスクは冒《おか》したくなかった。そこで二等機関士は船団に千人余りいる機関助手に、何か異常なスキャン結果は出ていないかと質問を送った。するとたちまち回答が殺到した。「シップ〇一一三、現実性基準から〇・六度のずれ」「シップ〇二七二、非存在測定値、十一単位——いや十二単位に急上昇」「シップ一〇九一です。触知《しょくち》可能性ドライブの波形に異常あり」次いでシップ〇八三七から、「なんだ。何が起きてるんだ。あいつら床からも壁からも、いたるところに」。

　二等機関士の不安は去らなかった。メッセージが届くごとに、あり得ない事態の報告は増えていった。動力損失、室温低下、ドンドンギシギシいう音、失神の蔓延《まんえん》。ほかに手段はないと見て、彼は事態を一等機関士に報告しにいった。相手は例によってその混乱の責任を二等機関士になすりつけた。「分子のゆがみ！　信頼性の曇《くも》り！　貴様がなんとかしろ、いますぐにだ。さもないと誓って貴様の頭から触角を全部ひっこ抜いてやる」二等機関士は弁明しようとしたが、返答を述べる時間はほとんどなかった。いたって気弱に「サー」とキーキー声を出しかけたとたん、虚《うつ》ろなブーンという音があたりに響き、壁から密閉パネルがふっ飛び、一千の黒い影がゆらゆらと船室に流れ込んできたのだ。ドアの外からは悲鳴、うめき声、機器の壊れる音が響いてきた。そのあとのことは、予想もつかなかったほどの速さで進行した。船内に広がる氷と影、船長からの退船命令、二等機関士は一等機関士といっしょに破片が宙を舞ういくつもの狭い通路をずるずると滑っていき、一台の脱出ポッドにたどり着いた。ポッドは口を広げた放出ゲートからただちに投下され、船団が宇宙に投げ捨てたほかの球体――ぷかぷか漂うライフカプセル一万台――がわんさとひしめく中に加わった。彼らを真空に放り出した堂々たる銀色の船は、正確に言うと無人ではなく、その時点から船室にとり憑《つ》いたクルーは肉体を持たず、恨《うら》めしげで、半分しか実在していなかった。ついに人類は星星に到達したのだ。

三十五　新たな生、新たな文明

二十四世紀までに疑問の最終的な答えが出た――転送装置は実のところ、人間の肉体を一つの場所から別の場所に運ぶわけではない。それは人間を殺し、そっくりの複製で置き換えるのだ。新たな疑問は、そのコピーがオリジナルと同様、魂を授かるのかということだった。

さる研究チームがこの謎を解明しろとの指示を受けた。彼らは生まれてから一度も転送装置を使ったことがない被験者を探し出した――宇宙暦になって久しいこの時代には容易な仕事ではなかった。「あなたもあなたを構成する分子も、テレポーテーションによって再構成されたことは絶対にありませんね」ええ、一度も、と被験者は答えた。「ビームに乗って亜空間を通過したあと、あなたはいまの自分が以前の自分と区別できないと感じ、従って以前の自分と連続していると思うでしょう。ですが実際のところ、あなたは再創造されていて、魂を持つかもしれないし、持たないかもしれないのです。それを理解していますか」しています、と被験者はうなずいた。こうした前置きが終了すると、被験者はスキャンされ、測定値を記録され、研究者たちは彼を実験用の転送装置ラボに連れていった。初期段階は滞《とどこお》りなく進行した。被験者はエネルギー状態となり、ゆらめく光が室内を満たし、被験者は近くのプラットフォーム上で物質化され――チェック、チェック、またチェック。だが最初のスキャン結果と第二のスキャン結果を厳密に比較したところ、異様な事実が明らかになった。研究者たちの判定によれば、被験者のコピーは確かに魂を持っていた。持っていなかったのはオリジナルのほうだった。ことによると診断装置に不具合があったのかもしれない。続く数週間、研究チームはしかるべき注意を払いつつ、さらなる八十三人の被験者を探し出して実験を行った。十六の異なる惑星から連れてきた人々で、いずれも転送は一度も経験したことがない。どの実験でも結果は同じだった。被験者が地球人でも、ソーリアンでも、バルカン人でも、ベタゾイドでも違いはなかった。レプリカの中――魂あり。オリジナルの中――魂なし。予想外の結果どころか、まったく不可解な話だったが、議論の余地はなかった。

研究者たちが連邦に提出した報告書はざっと六百ページ、大半は彼らの課題の性質にふさわしい、ごく専門的な内容だ。だが半ページ分の補遺《ほい》の中で、研究チームは二つの詩的な推論を提示している。(1)自発的テレポーテーションは一種の自殺と見なし得るとの見解があるが、もしそうならば、自殺しても――少なくともこの形で自殺しても――魂は失われず、むしろ獲得されるかもしれないという証拠を、われわれは見出《みいだ》したのだろうか。(2)およそ百八十年前に転送装置が発明されたことで、それまで魂のなかった宇宙に最初の魂が生み出されたとしたら(いまやその可能性が高いように思えるが)、それとともに天国も生まれたのだろうか。あるいは天国はずっとそのときを待っていたのだろうか。最初の人間が塵《ちり》と土の中から立ち上がったとき以来、黄金に輝く格子状の道が無人のまま、かすかな優しい風に撫《な》でられていたのだろうか。

三十六　暗黒は震えつつ通り過ぎた

結局のところ技術者たちはバリアーの崩壊を阻止できなかったとわかり、爆発が訪れたときは予想を上回るすさまじさだった。中央の諸銀河のみならず、宇宙そのものを破壊するほどの威力があったのだ。あとに残ったのは、あの優しく秩序立った宇宙――あまたの偉大な魂の故郷――の幽霊だけだった。それは何光年もの範囲に広がる幻めいた特大の虚無であり、振動する粒子の堆積物をあちこちにちりばめていた。これらの〝惑星たち〟これらの〝星々〟は、その名にほとんど値しなかった。見る者はそれらを物質と勘違いしたかもしれないが、小さくすっきりした真の物質、つまり本物の宇宙、滅びた宇宙の物質とは見まがうはずもなかった。というのも実際のところ、爆発によって奪われたのは神聖なプレナム（ストア哲学で、物質が充満した空間を指す）だけでなく、かつてそこを満たしていたあらゆるもの――包み込むようなぬくもり、永続的な感覚、神々しい鼓動、外縁の領域、そのすべてだったのだ。幽霊になるのは大きな転移を経験するようなものだった。以前はおまえの中に光があったが――と宇宙の幽霊は自分に語りかけた――いきなりそこに暗闇が生じ、かつて暗闇があったところにはピンでつついたような光が散っていた。自らのいちばん深奥《しんおう》の部分、かつて神聖な旋律が歌われ響き渡っていたところに、おまえはかすかな熱のシューシュー音だけを生み出した。その音は聞き流すことができず、気が変になるほど持続するため、休むことも眠りにつくこともできなかった。ずっと目覚めていてできることは、昔知っていたが失ったもの、それらにとって代わった、はかなくわずかな代用品を挙げていくことぐらいでは？　そこでおまえは己の彗星《すいせい》、新星、ブラックホール、星座、混乱と不安の感覚に震える銀河、疲れたように明滅する光子《こうし》の目録を作り上げた。しばらくすると、ほとんど休息していないせいで、もはや自分が何者であるかも判然としなくなった。つまりそういうことなのだろう、と宇宙は考えた。おまえは自分が何者かを——幽霊であることを認識できず、自分が生きていると、宇宙そのものだと、実物だと信じ込んでしまった。ひょっとすると、漠然とした認識が細胞の中に残っているのかもしれない。遠い昔、いつとも知れぬ過去には、自分がいまとは違っていた——もっとよいもの、もっとリアルなもので、己の中の博愛に驚嘆していたという認識が。けれども、どんなに真実に近づこうと、それをつかむことは決してできない。ごくまれに、一瞬よりも短いあいだ、おまえは自分のかつての状態を思い出す。その後思い出は薄れていき、おまえはまた己の惑星、己の星々、わずかな知的生命を数え始める。その知的生命はどこかの惑星で、おまえと同じように、自分が生きていると考え、数々の間違った物語を語りながら日々を過ごしている。

三十七　プリズム

それはいわば宇宙論プリズムであり、そのレンズを通せば、宇宙が何千もの並存する可能性に分岐しているのが観測できるはずだった。ところが、科学者たちが電源を入れてもマシンは作動しなかった。九年にわたる作業と何億ドルもの資金が無駄になったのだ！　プロジェクトのリーダーは、獲物の周りをうろつくハイエナよろしく、マシンのモーターの周りを歩き回った。「このいかれたポンコツなガラクタめ！」リーダーはマシンに蹴りを入れた。と、変圧器から放電が起こり、たちどころにリーダーの命を奪った。その後、彼のチームは研究室の記録映像を再生し、この恐ろしい出来事をスローモーションで確認した――リーダーがうろうろして脚を突き出し、安物のクロッグサンダルが足から溶け落ち、頭上でスパークの光冠がゆらめく。だが続けて、プリズムのレンズごしに撮影されたサブ映像をチェックすると、何か別のものが目に入った。リーダーの幽霊が肉体を離れるところだ。〝幽霊〟と彼らは呼び、それは紛《まぎ》れもなく幽霊だった。ハロウィーン風のクラシックな幽霊で、特徴のない白い球体から透き通ったひだが垂れている。ティッシュで包んだ棒つきキャンディといったところだ。それはリーダーの胸から飛び出して天井の中へ消えていった。数か月後、彼らは許可を得てマシンを刑務所に運び、致死薬注射を受ける囚人に向けてセットした。案に違わず、心電図が山型を描くのをやめた瞬間、哀れな男の体から幽霊が抜け出すのが観測された。

仮説、予想、実験、結論。彼らは宇宙論プリズムを発明したのではなく、魂の世界をのぞく窓を発明してしまったようだ。だがその後、映像をチェックしていて、彼らはいたって奇妙なことに気がついた。看守の一人もまた、体から幽霊を発していたのだ。その男は処刑室を施錠しているとき、膝《ひざ》をがくがくさせて片手を胸に当てた。男は死にはしなかった。それでも幽霊が一つ、体からこぼれ出てきた。翌週の研究室で、カメラは偶然にもインターンが自分の足につまずくところを撮影した。あと数インチでアルミのキャビネットの縁に頭がぶつかって、ぱっくり割れるところだったが、そうはならなかった。実際のところ、幽霊が飛び出したときには、当人はすでにバランスをとり戻していた。こうして新たな仮説が浮かんできた。このプリズムを使えば、ある人間の実際の死だけでなく、並存する何千という死の可能性も観測できるのだ。凍った歩道を横切るたびに、脈が一つ飛ぶごとに、ハイウェイでニアミスするたびに、人は新たな幽霊を大気の中に放出している。想像してみてほしい――世界には何十億、何兆という幽霊が存在するはずなのだ。宇宙空間から見ればいつでも、地球はヤマアラシさながら、幽霊という棘《とげ》にびっしり覆われているに違いない。

三十八　彼の女性性

その認知科学者は——手足のすらっと長いイケメンながら、悲しいかな禿頭《とくとう》なのだが——男らしさと女らしさの発現に関わる神経中枢を刺激する方法を開発した。彼の技術は侵襲的でも危険でもなかった。助手たちが終業後に研究室に集まり、その技術を使って遊んでいるのを見つけたとき、科学者はべつにかまわないと判断した。ひとつわたしも仲間に入ってやろう。助手たちはデバイスを科学者の禿頭にとりつけ、ダイヤルを調節して男らしさの神経叢《そう》に刺激を与えた。若く優秀な認知科学者はたちまち、野心的で決断力があって無遠慮な人間になり、肩を怒らせ、背骨がぽきぽきいうまで僧帽筋《そうぼうきん》を動かした。だれかが——たしかエイヴリーという名前だ——この科学センター内には昔、特別認可学校《チャータースクール》があったと述べたとき、科学者は「知らなかったな」ではなく「きっと度忘れしたんだ」と口にした。Avery《エイヴリー》、Jordan《ジョーダン》、Kelly《ケリー》、Parker《パーカー》、Robin《ロビン》。科学者が助手たちの名前をアルファベット順に並べたとたん、装置の目盛りが再調整され、女らしさの神経叢が刺激された。かすかにむずがゆい感覚があり、科学者は一瞬にして、忍耐強く慈愛に満ち、いくぶん内気な人間になっていた。さっきはちょっと気がきかなかったかな、と彼は不安になった。エイヴリーは（なにしろ助手の中でいちばん繊細だし、しかもいま思い出したが、名前はジェイミーだった）わたしのことを、傲慢だとか、そっけないとか、ひょっとして少し無作法だとか思ったかもしれない。謝ったほうがいいだろうか。気がつくとシャツのカラーを指でつまんでこすっていた。木綿《もめん》の生地が毛《け》羽《ば》だち始めている。そのときジェンダー刺激装置が、降参するような低いうなりとともにシャットダウンし、助手たちが彼のこめかみからデバイスを外した。示唆に富む経験だったと認知科学者は考えた。男性性と女性性を——少なくとも彼の男性性と彼の女性性を——隔てるものは大きな亀裂ではなく、一本の継ぎ目であるらしい。ほとんど存在しないも同然だ。ともあれそれから数週間、彼の女性的な性質は弱まらなかった。認知科学者がコーヒーを飲んだりスマホをチェックしたりしていると、前触れもなく唐突に、どこかのミセスだかミズだかが彼の中に湧き上がってくる。やあ、と彼は思う。また会えたね。いつもは灰色や茶色を帯びている感情が、やけに鮮やかな悲しみや喜びにしょっちゅう席を譲る。ジャスミンやラベンダー、あるいは妙なことにパンプキンパイの香りをかぐたびに、軽い情欲のうずきを感じる。明らかに例の神経刺激装置が彼の中の何かを目覚めさせたのだ。科学者はそれが何かを突き止める作業にかかった。何年もの歳月をかけ、数百の仮説を捨て去り、一時は癌《がん》を疑い、宗旨替えし、とっさの思いつきで手相まで見てもらった挙句、科学者は真相に気づき始めた。彼の精神は男性のものだが、魂は女性のものなのだ。察するに、その二つ——彼の精神と彼の魂は、一種の婚姻関係を結んだのだろう。死によって婚姻が解消されるのか、あるいは完成するのか、それは時だけが教えてくれるはずだ。

三十九　人々がいて、彼らはかつて生きていた

最初の来世が混雑しすぎたので、新たな来世が建造された。作業員と技師のチームが天国の境界の先に広がる湿地に派遣され、沼から泥を吸い上げ、低地を埋め立て、緑の草と茶色い芝土を地面に敷き詰めた。残っていた沼の水からは、白いこけら板を底に敷いた透き通るような湖を作り上げた。そしてほどなくその沿岸に、家々、公園、テニスコートから成る見映えのいい新たな町が築かれ、仕上げとして、いちばん大きな貯水池の上に、へ音記号のようにカーブした歩道橋がかけ渡された。蚊の多さは依然として問題だったので、エリア全体に殺虫剤が散布され、それ以後、問題は蚊の幽霊となった。愚かな本能だけに導かれ、プーンと音を立てる無数の点があたりを縫うように飛び回るのだ。けれども技師長が指摘したように、最良の造成地にも悩みの種はあるものだし、当地における最大のトラブルが蚊の幽霊だとしたら、プロジェクトは並外れた成功を収めたと考えていいだろう。チームは機材をまとめて本部に帰還し、来世建造事業は予算を超過せず期限内に完了したと報告した。足りないのは住民だけで、そうした悩みは悩みとも呼べないほどだった。だれがなんと言おうと、生きた人間は死に続けているのだから。日ごとに新たな幽霊が到着し、このときからほぼ全員が第二の来世に割り当てられた。そこにはきれいなガマが群生し、広場には赤と黄色の煉瓦《れんが》が敷かれ、瀟洒《しょうしゃ》な新築住宅は塗料とおがくずのにおいがした。加えて密集を緩和するために、

最初の来世の人口をおよそ四パーセント削減することが決定され、第一の来世から第二の来世へ移らねばならない数十億人を選出するくじが実施された。施政者の中には、住民たちがそのせいで、自分を勝ち組とか負け組とか思うようにならないかと懸念する向きもあった。名前を呼ばれた幽霊が持ち家をだましとられたと感じたり、逆に、呼ばれなかった幽霊が大きな冒険の機会を奪われたと感じたりするのではあるまいか。だが、実際に起きたことを予見していた者はいなかった。いまやだれもがだまされたと思い、自分を負け組だと感じているのだ。この上なく些細《ささい》な点を除けば、二つの来世にはまったく異なるところがない。木々は蕾《つぼみ》をつけ、そよ風が吹き、人々がいて、彼らはかつて生きていた。だからことによると、第一の来世の幽霊たちが、まるで世界にとり残されたように、無視された、時代遅れになったと感じながら日々を送り、第二の来世の幽霊たちが、プーン、ブーンと飛び回るが、どんなに頑張っても幽霊の血を吸えない虫たちをいらいらと叩き潰して過ごしているのは、単なる人間性の発露なのかもしれない。

四十　第一一五連隊の兵士たち

恐怖と興奮の中、第一一五連隊の兵士たちは、弾丸がスローモーションのように飛ぶのをよく目撃した。無数の金属片が雨のように宙を満たし、それがゆっくりと滑空してくるのだ。自分たちは異世界で迷子になり、制服から鉛のミントキャンディを払い落としながら、旅人のように戦場をぶらついていると想像するのは実にたやすかった。だが弾丸の中には別のものも交ざっており、ほとんど気づかれずに現れては過ぎていった――疾走する光が、美しくも恐ろしく、空中に目もくらむ模様を刻んで信じがたい素早さで消えていくのだ。こうした光のカリグラフィを見るのはすばらしかったが、同時にどこか吐き気を誘うおぞましさがあった。そもそもそれが見えるのは、世界がほとんど動いていないからであり、そのくせ一瞬より短いあいだだけなのだ。光について話し合うのは気が進まなかった。それは危険なことに――いや、むしろ罪深いこと、狂気の沙汰《さた》に思えた。セクション8（精神疾患による除隊者を意味する俗語）の中でも特に恥さらしな者だけが弾幕の中で芸術的な形をとる光の迷路を、ジグザグを、流星を目にするに違いない。だがある日の午後、何杯か酒を飲んだあと、男たちは自分が見たものを互いに打ち明け始めた。「なあ、気づいたか――」「うん、だよな!」「誓っておれも見た」第二狙撃手は、その模様が前線を見守る天使たちだと信じていた。機関銃手は、あれは一種の地図というか予測であり、弾丸が飛ぶ道筋を示しているのではないかと述べた。迫撃砲手は、『アメージング・ストーリーズ』の表紙を飾る、時間や空間の裂け目を思い出すと語った――火星とか、遠い過去に通じる入口だよと。とうとうマシュー・コスティアル上等兵が科学的な方法について何やらつぶやき、チューバの音色のようにぼわんとした声で「実行によって学べ、野郎ども。実行によって学べだ」と酔いに任せて宣言し、弾丸の中へ出ていった。上等兵がスローモーションで戦場をよたよた歩いていくのを見送った者は、だれ一人忘れることができなかった。上等兵が倒れる直前、大気が彼の周囲で古い絵画の上塗りのようにひび割れたのを。

彼らの記憶はコスティアル上等兵をとり巻いた光のひびを正確には再現できなかったが、その模様の痕跡《こんせき》は兵士たちの心に刻まれたに違いない。というのも、何年もたってからときおり、無線通信士はありもしないところに光を見ることがあったのだ――川底に、自分が注いでいるコンクリートの中に、靴下の抽斗《ひきだし》の中に。対戦車砲手は折に触れ、妻の、あるいは秘書の書いた文字の中に何かを認めることがあった――おかしな線画が文字の背後から霧のように現れ、つかのま視界に広がったかと思うとまた紙に吸い込まれていく。そして火砲整備士は奇抜な指揮棒のふり方によって、ハイスクールの何代にもわたるオーケストラ部員をまごつかせた。一連の正しいしぐさをすれば、戦場から上等兵の幽霊を呼び出せると信じていたのだ。幽霊は元気な姿に戻って光の中から現れ、紐状火薬《コルダイト》と酒盛りのにおいをステージに運んでくるだろう。

幽霊と視覚

四十一　アクション！

駅のコンコースの端に立つ、かの有名な映画監督は、いわゆる〝とても見られない〟映画を作ろうと決意している。七十一歳、始末に困るほどたくさんの名誉博士号や生涯功労賞に飾られた彼は、恐るべき子供《アンファン・テリブル》時代の髪ふり乱したパンクな映画制作者に戻った気分だ。当時の作品『シネフォーラム』は、「芸術世界のみならず、芸術の、そして世界の残骸」という忘れがたい異名で呼ばれた。監督にはふたたび目標がある。いま撮影しようとしている映画は自身の最高傑作になるはずだ——つまりそれが彼の期待どおり、とても見られない映画であるならば。この場合、〝とても見られない〟というのは、邪悪な作品や不愉快な作品を意味するわけではない（というか、その点は問題ではない。それらの理由で見るに堪《た》えないという意味ではない）。また、出来の悪い作品や気のきかない作品を意味するわけでもない——むしろその反対だ。そう、彼が作ろうとしている映画は、語の限りなく厳密な意味において〝見ることができない〟はずだ。それはまさに目に見えないのだから。さて、目に見えない映画が、不可視だと称し得る理由はいくつか考えられる。（1）その映画は実在しないか、概念上にしか存在しないのかもしれない。一連の動画ではなく、アイディアとして、思考実験として存在するのだ。しかし有名監督はそういうごまかしなど沽券《こけん》にかかわると思っている。（2）その映画は、観賞を妨げる形で撮影、または現像、または上映されるのかもしれない——たとえば紫外線や赤外線だけを記録するフィルムを使ったり、数マイル遠くの小さなスクリーンや、数マイル上空の高いスクリーンに投影されたり。有名監督はこうしたやり方を一度しかできない試み、インスタレーションと見なしており、自分が常に希求してきたような、名誉あるプロレタリアの映画制作とは異なると考えている。(3) その映画は、媒体が観賞を許さないからではなく、観賞する人間がだれ一人残っていないから視聴不可能なのかもしれない。たとえば、毒の放出を記録する映画を想像してほしい。その毒は、フィルムが撮影後に編集される六、七週間のうちに、地上のあらゆる生命を速やかに、次々と滅ぼしていくのだ。理論上、この場合に発生する唯一の賭けは古典的なものだ。すなわち、人間は死ぬと同時に魂に、幽霊に変化し、だから少なくとも表面上は映画を見ることができるのか、あるいは人間は忘却の暗黒の中に放り出されるのか。有名監督はたまたまそんな毒を所有している。にぎやかなコンコースの端、ブームマイクとタングステンランプの下に立ち、額から汗をぬぐう。カメラは回っている。監督はガラス瓶の蓋をこじあける。それはシャンペンボトルに似た、かすかでほとんど滑稽な音を立てる。子供が口から指をポンと出して立てるような音だ。わずか七週間後、賭けがうまくいけば、有名監督が撮影している映画は、見てもらう準備ができるが視聴は不可能となる。彼の長く革新的なキャリアの完璧な仕上げになることだろう。

四十二　円《まる》い堀が魚の安らぎとなるように

　ある日ある男が目を覚まし、その瞬間から出会った人間すべてが同じ顔に見えるようになった。それが始まったとき、男はマンションのエレベーターに乗っていた。途中で女性が二人乗ってきたが、その顔が瓜二《うりふた》つだったので、別々の階で乗ってきてあいさつも交わさなかったものの、双子なのだろうと男は思った。エレベーターは五階で三人目の女を乗せた。左の頬の切傷跡にある薄茶色のほくろにいたるまで、最初の二人とそっくりだった。三つ子だろうか？　ところが男が呼び止めたタクシーの運転手も同じ顔だったのだ。街角でベーグルの屋台を引いている男性も、横断歩道で停まっている自転車便の配達員も、子供の手を引いて道を渡る母親も、母親に手を引かれている子供も、男の目に入るありとあらゆる人間が、その朝、タクシーで会社に向かうあいだだけでなく、その日一日中、そして男の生涯が終わるまで、そろって同じ顔をしていた。問題の顔というのは女性的で、薄いそばかすがあり、顎《あご》は四角く、生え際は楕円《だえん》形、唇は自然に左へよじれ、眉尻より眉頭のほうが色が濃い。こうした特徴のせいで、いらついていると誤解される表情になっている。人生でいちばん幸せな瞬間にもなんとなく不満を感じるタイプのような、あるいは不満を抱くことに幸せを感じるタイプで、ずっと望んでいたとおりの不満がようやく抱けたというような。顔が動き出すとその表情はたちまち消え失せる。だから男も誤解していたのだとわかる。けれどたいていの

顔は、たいていの場合、動いていないため、男は次々に出くわす顔を見て不機嫌なのだと――といっても、誇らしげに、ほとんど嬉々《きき》として不機嫌なのだが――どうしても思ってしまう。この新バージョンの人生において、最初のうちは、だれもが自分に苛立《いらだ》っているという感じをなかなかぬぐえなかった。しかしとうとう、男はその表情に慣れてしまった。顔は――あらゆる顔は――不機嫌さの亡霊を宿して目の前に現れる。それは単なる事実なのだ。いったん受け容れてしまうと、その光景が遍在《へんざい》することは安らぎに近くなった。さまざまな人の顔から男を見つめている女性は、己《おのれ》の苦い楽しみを隠せないように見える――だから彼女に見られることで、男も苦い楽しみを覚える。店員は必ず苦い楽しみを覚えながら彼のクレジットカードを端末に通し、司祭は苦い楽しみを覚えながら彼に聖体を差し出し、歯医者は苦い楽しみを覚えながら彼の歯に詰め物をする。そうとわかっていることで、男は安心を得られた。ときおり彼は、その顔の本来の持ち主――原形について疑問を抱いた。彼女は何者なのだろう。出会ったらこの人だとわかるだろうか。すでに出会っているのだろうか。歳月が過ぎるにつれ、男はますます彼女のことを、ほかにない形で自分と結びついた、妻のようなものと考えるようになった。世界で唯一、その顔を彼が思う以上に平凡だと感じる、あるいは彼が思う以上に魅惑的だと感じる女性。どちらにしろ、理由はその顔が自分の顔だからなのだ。

四十三　スペクトル

世捨て人の美術愛好家はマチスとセザンヌがお気に入りだったが、生まれつき赤と緑を区別できなかったため、色覚異常を補正するという眼鏡を購入した。それをかけたとたん、世界がいままで見たことのない色、一千の色彩という驚異に満ちて震えていると気がついた。いたってお粗末な道端の木の茂みがふいに、多彩なエメラルド色と金色をあらわにした。人々の土気色《つちけいろ》の皮膚《ひふ》の下には、パステルカラーや桃色の血が通っていた。この紳士はモネの巡回展で魔法のような土曜日を過ごし、絵の中のピンクの花びらに、睡蓮《すいれん》の葉をまだらに彩る青や緑に驚嘆を覚えた。一週間が過ぎたとき、ソフトウェアのエラーを理由に、製造元から世捨て人の紳士に同じ眼鏡の二つ目が送られてきた。

紳士は一つ目を梱包《こんぽう》し直すかわりに、実験を行うことにした。アメリカ絵画の美術館に出かけ、あいたベンチに座って、一つ目のレンズの上に二つ目をきちんと重ね、その状態の眼鏡を注意深くかけてみたのだ。こんなことでわくわくするとは馬鹿げているだろうか——そうかもしれない。だが紳士にとっては、スペクトル上のまだ見ぬ色のすべてが発見を待っているように思えた。紳士はいきなり出現するはずの、いっぷう変わった新たな色に対する心構えをした——銀橙色、はたまた朱黄色。だが、現れたのは幽霊だった。あそこでもここでも、部屋中にちらばった光のかたまりが空気に染みを落としている。一つのかたまりがあくびするように口をあけたとき、自分が何を見ているのかわかった。エイキンズ（写実主義の画家、写真家、彫刻家。一八四四―一九一六）の下に立っているのは、鼻の横を掻《か》いている女の幽霊。ベックウィズ（自然主義の画家。一八五二―一九一七）の横に座っているのは、襟元《えりもと》をゆるめ、二本の指でもどかしげに喉仏から離しているもう一人の幽霊。レドモンド（色調主義の風景画家。一八七一―一九三五）の前に立つビーズつきのドレスの幽霊は、改宗者が聖書を抱き締めるように両手を胸にぎゅっと当てている。紳士の周りには、幽霊でない者に迫る数の幽霊がいた。色覚異常補正眼鏡は、目に届く色の波長を修正する働きがあると検眼医は説明していた。ひょっとすると霊魂の世界にもそうした波長があり、眼鏡を一度に二つかけたことで、それがちょうど目に見えるように調整されたのだろうか。いずれにしろ、ほぼあらゆる絵画が、うっとりと見つめる霊魂に飾られていた。紳士は幽霊たちの態度が、自分自身とよく似ているのに気がついた――すなわち美術愛好家の態度だ。尋問者のように首をかしげるのではなく、頭をきちんとまっすぐに、垂直に立てて、キャンヴァスを完璧な形で見られるようにしている。幽霊たちの世界はギャラリー――このギャラリーなのだ。ギャラリーは紳士にとっても、ずっと親しんできた場所だった。三年生のとき、ミス・テレルが彼のクラスを児童美術館へ見学に連れていって以来ずっとだ。幽霊たちはあのときも彼らをとり巻いていたのだろうか。ああ、たぶんそうだろう。そしていま、幽霊を前にした世捨て人の紳士は卒然《そつぜん》と悟った。幽霊たちはひっそりと、超然とそこにいるが、彼の人生の大半をともに過ごしてきたのだ――彼が生きてきた唯一の人生《ライフ》、だがそこにはいくつもの生《ライフ》があったわけだ。

四十四　あらゆる家の鍵、あらゆる消火栓、あらゆるコンセント

彼女は扱いにくい子供だった。たいていの二歳児のように扱いにくいわけではない。ぐっすり眠るし、お風呂では楽しそうだし、おもちゃは丁寧に扱うし、靴下はちゃんと履いている——そして食欲はといえば、ほぼなんでも喜んで食べた。最初は食べたがらないものも、よく言い聞かせれば食べる気になった。そんな彼女だが、ある種の車のヘッドライトが近づいてくると泣き叫んで宥《なだ》められないし、庭の木の横をよちよちと通るときは、幹の皮がむけた部分にキスすると言ってきかなかった。また、電気のコンセントには個人的な侮辱を受けた気分になるらしく、掌《てのひら》で叩いては「だめ！　やめて！」と怒り、怪しむような目で後ずさった。食事を拒むときはこんな調子だ——皿に載った料理を差し出されると、ときたま口をぎゅっと結び、顎をいやそうによだれかけの中へひっこめるが、中身をかき混ぜてやるか、ちょっと並べ変えてやるだけで、ぺろりとたいらげてしまう。子供が何を考えているのか知るのは難しかった。なにしろ自分でそれを説明する語彙《ごい》を持たないのだから。彼女の感覚は、どんな色よりも鮮やかで、どんな騒音より明瞭な隠された現実を受けとめているようだった。子供が知覚しているが言い表せない問題とは——ホットドッグと、豆のかたまりと、にんじんペーストがきちんと並んでいると、人の顔に見えるということだった。彼女は顔を見るとどうしても人格が宿っていると考えてしまう。そしてもちろん彼女は正しかった。こ

の世の物体は顔という障壁に張りつき、無言のままうっとりと外を見つめている。あらゆる箪笥《たんす》、あらゆるスニーカーの底、あらゆるライター——二つの目と一つの口を持つように見えるすべてのもの——が、密《ひそ》かな訪問者を寄生させている。こうした訪問者は死者の幽霊であり、幽霊は自分の顔を持たないため、鍋蓋や、木の節の顔を借りて生者をのぞき見するのだ。幽霊は人間が口論し、キスを交わし、料理し、風呂に入り、本を読み、運動し、並んで眠るのをながめる。死後の生がどんなに退屈なものか人間が理解しさえすれば、と幽霊たちは考える。魂が動作に、活動に、活発さに、変容にどれほど飢えるものか理解しさえすれば、人間はもうちょっとましな生き方をするかもしれない。顔はその子供に一度も話しかけなかった。表情を変えることさえしなかった。それでも子供は幽霊がそこにいると理解していた。覚醒し、観察し、反応しているのだと。ある顔を見れば慰めようとし、また別の顔を見れば隠れたりはねつけたりした。とり憑《つ》かれた物体という無言の宿主の中に潜むものを、その子がどうして察知できたのかと、人は疑問に思うかもしれない。だがそれは真の謎とは言えない。真の謎は、彼女がどの幽霊を好きになるか、どうやって決めていたのかということだ。

四十五　壁

かつてまさにこの家に、写真を壁紙にする男が住んでいた。男の目標は壁の空所をくまなく覆い尽くすこと、写真のとなりに写真を貼っていき、白い漆喰《しっくい》の壁を顔の海にすることだった。男は日日、小さく切った両面テープを使って、壁のモザイク画に二、三の顔を加えた。写真を壁面にきちんと貼るというのは、男にとって単なる欲求ではなく、謎めいた義務だった。写真に写る人々は男の友人でもなければ家族でもなかった。知り合いですらなかった。その男にとって赤の他人だった。ことによると、そこが重要だったのかもしれない。写真を壁紙にする男は、自分を知り、愛する人人に囲まれていたくなかった。自分がだれかの大切な人間であるふりなどしたくなかった――相手がだれであろうと。男が求めていたのはただ一つ、自分のささやかな人生が、見知らぬ人々の群れの中にいるように過ぎていくこと。だから毎週土曜日、町のフリーマーケットや遺品セールを回って、靴箱やスクラップブックや封筒の中から何枚かの写真を掘り出してきた。男のとっている方法は、気長で直感的で風変《ふうがわ》りだったが、それなりにゆるぎなく、奇妙な選《よ》り好みを伴っていた。自分でも理由は説明できなかったが、男の好みは六〇年代や七〇年代の古いマットなカラー写真だった。最初に現像されたときはクリーム色を帯びていたはずだが、いまでは歳月を経て赤みが増し、色があせてきたような写真だ。男はプロの撮った肖像写真には、いや、意図的にポーズをつけた写真にさえ手を出さず、ポーズをつけないスナップショット、偶然撮られた写真を好んでいた。たまたまレストランのテーブルがあくのを待っているカップル。たまたま幼児用プールで水をはねかしている子供。たまたまその環境で、たまたまその表情をしているところを、たまたま撮影された市井《しせい》の人々。ハロゲン化銀と光の聖遺物箱に偶然収まった、何千、何万という人々。何人が女性で何人が男性なのだろう。何人がほほえみ、何人が顔をしかめ、何人がほかのもっと曖昧《あいまい》な表情をしているのだろう。写真の数は増え続けた。総数を把握しておくのは難しかった。数えようとするたびに、ますます多くの見知らぬ人が、部屋の中の男をじかに見つめているような気がした。彼らの網膜は大昔に消えたフラッシュの閃光《せんこう》をはじき返している——何かに驚いて動きを止めた動物のように。彼らは本当にこちらを見ているのではないかと男は疑い始めた。壁面から見ているだけでなく、壁の後ろの深いところからも。見知らぬ人々には男が見えていた。彼らは男を見ることができた。男こそフラッシュだった。男自身が、生きて呼吸する放たれた光だった。年ごとにコレクションは膨らんでいき、壁面がすべて覆われる日が近づくにつれ、男は何かの成就を、仕上げを目撃しているような気分になった。これらの写真が撮られてから、見知らぬ人たちのうち何人が死亡したのだろう。彼らの大半？　全員？　いつか自分も彼らの一人になるのだと男は思った。偶然の過去に属する、驚かされた小さな幽霊の一人となり、生きた人間に向かって、壁ごしに赤い目を光らせるのだ。

四十六　遊びの時間

一、日が暮れたら家の中にいる。二、昼間は野原や広場にとどまる。三、人の体を伴わない人の影を見たら、それは幽霊だからその中に入ってはいけない。この三つが村人たちの守っている掟《おきて》だったが、もっと正確に、戒め、訓戒、警告と呼んでも差し支えなかった。そのくらい厳守すべきで、そのくらい重大な意味のある掟だったのだ。とりわけ優しく愛情深い親たちも、子供を叩き、ゆすり、平手打ちしてこの掟を教え込んだ。それでも事故が起こることはあった。たとえばたったいま、村境の先にある森の空き地から出られない少女――日は暮れていくが彼女にはなすすべもない。生まれて十四年、少女は一千の幽霊の影を見てきたに違いない。それは建物の壁や、家と家のあいだの土の上に現れる鋏《はさみ》の形をした灰色のもので、すさまじい嘲《あざけ》りを発して震えていた。隣人が幽霊の一人に捕まったとき、彼女はたった三歳だったが、そのときの恐怖はいまだに忘れられない。青いオーバーオールを着た男が、漂う影の中にうっかり足を踏み入れて悲鳴をあげ、そいつに変形させられたか、消化されたか、幽霊が人にしでかす何かをされて、肉体のあったところに衣類の山だけが残された。少女は日が照っているとき幽霊を避ける方法を知っていた。夕方になったら家の中に逃げ込むことも知っていた。問題は彼女の犬だ。手に負えない黒と白のスパニエルで、尻尾と頭と耳ばかりが目立ち、散歩に連れていってもらうべきだと思うと、いつでもドアに向かってハアハアいい、ワンワン吠える。頭の空っぽなチビ犬で、少女はその犬が大好きだった。だから昼すぎに、犬がリスを追って森に駆け込んだとき、体が勝手に動いてしまった。何も考えず、犬を追って飛び込み、下生えの中をくねくねと這《は》う引き綱をつかもうとした。木漏れ日があちこちに落ちていて、柵《さく》の支柱のような黒い幹の列が勢いよく後ろへ過ぎていった。少女が危険に気づくより早く、犬はキャンと驚きの声をあげて消えてしまった。地面に落ちていたカエデの影のようなものに呑み込まれたのだ。そして少女は森の奥深くで、犬の引き綱と首輪だけを握り締めて立っていた。少女がつんのめるように脚を止めたのは、幸いにも日だまりの中だったが、彼女を囲む木々の影は迷宮なみに入り組んでいた。影の数が多すぎてとうてい区別がつかないし、その中へ引き返す危険を思うと脚から力が抜けていった。空き地の真ん中に立っている以外、どうしようもなかった。およそ十分に一度、勇を鼓《こ》して二、三歩足を動かしているが、そのあいだにも枝が土の上に落とす闇の模様は東へゆっくり動いていき、少女の心をさいなみ続けた。空き地の端の遠からぬ場所に固まっているのは、肉体のふりをした何十という穴だ。日暮れには太陽がその影を、地平線に向かう黒く長い筋として描き出すだろう。やがて影の境目は見分けられなくなるだろう。われわれはそれを夜と呼ぶ。幽霊たちはそれを遊びの時間と呼ぶ。

四十七　生涯にわたって

恐竜なんてどうでもいい。幽霊がいちばんカッコいい。幽霊は姿を消せる。幽霊は壁をすり抜けられる。だけど最高なのは人にとり憑くところだ。ほかの子たちは手を鉤爪《かぎづめ》の形にして、ティラノサウルスみたいに吼《ほ》えながら校庭をどすどす歩き回っていればいい。少年はむしろ、うーっとうめいて鎖をガチャガチャ鳴らしたかった。先生がある日こう尋ねた。「きみはいつも、人をにらんだり、うなったりしてるけど、あれはいったい何してるの?」少年は腹の底から幽霊っぽいがらがら声を出して答えた。「ミズ・キャスリーン、われは墓の向こうから、そなたにメッセージを持って戻ってきぃたぁのぉだぁぁ」その口調があんまり無気味だったので、先生はぶるっと震えて後ずさった。そう、幽霊にかなうものなんていやしない。

　大急ぎで幽霊になろうとしたせいで、少年は一年もたたないうちに九十歳になって死の床に横たわっていた。喉はとっくに話す力を失い、耳は聞く力を失っていたが、呼吸が止まり、次いで心臓が止まったとき、炭火用コンロから立ち昇る煙のようなものが彼の前で揺らぎ始めた。煙はだんだん顔の形になり、男に温かくほほえみかけた。その顔は、揺りかごで見たあと忘れていた夢に出てきたような気がする。「喜びなさい！　あなたの漂泊は終わりを告げました。次の生があなたを迎えるのを待っています」という声が聞こえたとき、男には一言一句が理解できた。彼の耳は明らかに力をとり戻しており、口もまたそうだとわかった。男は物心ついたころから用意してきた質問を発した。「これが霊魂の世界なんですか?」するると返事がかえってきた。「いいえ、霊魂の世界ではありません。もう一つの世界です。ごらんなさい」男の目に映ったのは光のトンネルではなく、無数に重なり合う光のティッシュペーパーで、泡のような白と銀色を帯びていた。頭をほとんど使わなくても、それが男のために分かれて、彼の歳月を、彼の痛みを吸いとり、他の大勢の生にしてきたように、彼の生も洗い流すのだとわかった。光は音楽を伴って静かに揺らいでいる。この上ない幸福の音色がかき鳴らされ、〝われの中で安らげ、われの中で安らげ〟と吐息めいた声が聞こえる。だがそれは彼の求めていたものではなかった。そんなもの一度も求めたことはなかった。耳にささやく声が、「さあ、わが子よ、いっしょにいらっしゃい」と告げたとき、男はすかさず答えを返した。「いや、けっこうです」すると声は男に警告を発した。「早まってはなりません。この大地にしがみつく者は、ここにいつまでもとどまる定めです。それはつらく、寂しく、目的のないあり方、幽霊のあり方なのですよ」だが男は「それでも……」と言って顔をそむけた。光が薄れていくと、男は病室に戻っていると気がついた。肉体の中ではなく、その上に浮かんでいる。男は天井をすり抜け、次いで屋根をすり抜けた。外に出ると、迷えるほかの魂が男をぐるりと囲んで、クラゲよろしく宙にゆらゆら浮かんでいた。そのとき以来、男は死後の灰色の辺獄《へんごく》を漂い、意地の悪い喜びを覚えつつ、ことさら気弱で怖がりな子供を探し出しては、闇の中でベッドの横に姿を現している。まさに最高の気分だ。

四十八　いっしょに連れていく

空の青はすばらしいから、死ぬときはいっしょに連れていくと男はよく言っていた——そして死ぬときが来るとそれを実行した。男が仲間に加わった幽霊たちは、ずっと前から単調な灰色と病的な白の世界に暮らしていた。幽霊にとって真昼とはいくぶん白っぽい黄昏《たそがれ》にすぎず、真夜中とはいくぶん黒っぽい夜明けにすぎなかった。ところがいまや、見るがいい。こちらにもあちらにも、彼らの周囲にも頭上にも、薄く広がったり、一つに固まったり、十字に交差したり、塗りたくられたりした、光り輝く澄み切った青。それは鳩の胸の羽毛の中、池の編目のようなさざ波の中、ある種の陶器の釉薬《ゆうやく》の中にあった。どちらに目をやっても、灰色の中に一抹《いちまつ》の青が交ざっており、それを見るたびに、幽霊たちはいくらか活気をとり戻すのだった。彼らの皮膚は、昔まとっていた皮膚の記憶にすぎないかもしれないが、それでもぞくぞくできるようだった。彼らの心臓はレースと霧にすぎないかもしれないが、それでも鼓動しているようだった。かつてはこんなふうだったのだろうか、われわれの生というのは。どうしていままで気づかなかったのだろう。

一週間とたたないうちに、一人の女性が、ずっと愛していた色、娘の頬に差す薔薇《ばら》色を伴って亡くなった。ふいに青と並んで、スプレー薔薇の花びらに散る斑点《はんてん》の温かな色、リンゴや桃の皮を彩る淡紅色が出現した。次にやってきたのはオリーブの緑、次いでバッタや生のコーヒー豆のもっと淡い緑、次いで良質の土やダークチョコレートの黒に近いこげ茶。小さな男の子は雨降りの日に履くのが好きだった長靴のつやつやした黄色を、老人はお気に入りのカジノの骰子《さいころ》のルビーめいた赤を運んできた。鱗翅《りんし》類《るい》研究家は、オオミズアオの翅《はね》のてっぺんを飾るブーメラン形――少なくとも彼女にはそのように見えた――のくっきりした華麗な紫をもたらした。まもなく死後の世界では、白と灰色の箇所はまばらに残るばかりになり、だれかが亡くなって、ちょうどよい色を持つ幽霊が到着するたびに、そこもまた塗り潰されていった。シャツやスカーフの杢調《もくちょう》の青、イースターエッグの木星風のオレンジ、ある男が昔、晴れた四月の朝に裏庭を見晴らすデッキから見た夜明けの、明るいけれど乳白色を帯びた桃色。

　その一方、幽霊たちがあとにしてきた世界、すなわちわれわれの世界では、空はもはや青くなく、木々はもはや緑ではなかった。かつて色があったところには、無色の粒子の分厚い雪が積もっているばかりだった。

四十九　霧の向こうにちらちら見える物語

彼女の人生に大して事件は起こらなかったが、ごくわずかに起きた事件で十分すぎるほどだった。運転中の車をぺしゃんこにした地滑りが、彼女が味わった数少ない事件の中で最大のものだったが、大破した車から外に出てみると、ありがたいことに、彼女はささいな事件すらそんなに起こらない死後の世界に入っていた。探検してみたところ、死者の国はほぼ空っぽに近いとわかった。そこにいるのはむろん彼女自身――というか、彼女が彼女自身と呼び続けることにした属性と印象のいまだ途切れぬ連なり。そして何かの存在だか半存在だかも多少は感じられ、それと対比することで自分を自分と認識することができた。だが、どんなに遠くまでさまよっても、ほかにはだれも見当たらず、背景にうっすらと霧や蒸気が浮かんでいるだけで、それらは何の形かぼんやりわかる程度の特徴を備えていた。家々の霧、街路の靄《もや》がかかり、彼女の魂はその中を空気のさざ波のように漂っていく。来世とは人けがなく、荒廃し、そこにあるすべてのものが、ほぼ何ものでもない場所だとわかってきた――そのため彼女もまた、これ以上ないくらい希薄な存在だった。彼女はそれに勝る幸運を思い描けなかった。昔からいたって繊細な感受性の持ち主で、人生のありふれた摩擦にもたやすく参ってしまうのだ。心をかすめる刺激がささやかであればあるほど、むしろそれを身に沁《し》みて感じるようだった。ところがいまや、運命は混乱も苦悩もない世界を差し出している――というのも、ここには世界と呼べるものはほとんどなく、それゆえ悩まされたり、乱されたりするものもほとんどないからだ。ここには影のように実体のない霊がわずかにちらばっているばかり。彼女も幽霊だったので、そうしたものたちの狭間《はざま》の空間に収まることができ、まもなく練習を積んで、空間の狭間の空白にも収まることができるようになった。問題は——と彼女は最終的に確認した——存在するものが少なければ少ないほど、一つ一つが占める割合は大きくなり、結果として、まったくとるに足らない動きが彼女にとって大混乱に思えるということだ。ごく頻繁に、無の中の何かが重なったり震えたり軽く動いたりする。すると彼女の感覚の中では、深夜の空家でコオロギの声が交響楽なみに聞こえるように、ほかのあらゆるものがかき消されてしまう。こうしたわけで、彼女が約束されていた天国とは似ていないとしても、やはり天国のようなものだった死後の世界は、彼女が恐れていた地獄とは似ていないが、やはり地獄のようなものと化した。彼女がいる墓の静かな片隅では、何かごく小さなものは、なんであれごく大きなものなのだ。

幽霊とその他の感覚

五十　一生分の接触

病気の最後の年にエローラの石窟《せっくつ》寺院を訪れたとき、有名彫刻家は女性たちの像の乳房が水に浸したようになめらかな光沢を放っていると気がついた。ツアーガイドに理由を尋ねると、十世紀以上にわたって男たちが撫《な》で続けたせいで、手の脂が艶《つや》を出したのだと説明された。「彫刻は、目だけで理解しません」ガイドは言い、あの普遍《ふへん》的なしぐさをした。「両手でも理解します。さあ、さあ、あなたもどうぞ、わが友よ」わずか数秒のこのやりとりが、彫刻家の残りの人生の芸術的軌道を決定することになった。玄武岩《げんぶがん》に刻まれた作品の前に立ち、彫刻家は手で触れずにはいられない像の制作をしようと心に決めた。千年の歳月を経たのち、その像は賞賛者の手によって隅々まで磨き込まれているだろう。アトリエに戻るが早いか、彫刻家は石鹸石《せっけんせき》のかたまりで試作を始めた。その像は女性にしようと決めた。だから少なくとも彼にとっては、もともと心そそられる像なわけだが、その像の好ましさは、もっと並外れていると同時に、もっと万人向けにしたかった。美女の肉体的魅惑と、幾何学《きかがく》立体の構造的魅惑を結びつけたかったのだ。作業を始めて二か月後、彫刻家は実験をしようと思い、とりわけ力強い半ダースの試作品に、皮膚《ひふ》の湿り気によって紫外線蛍光特性が現れる液体をスプレーした。作品を人々に披露《ひろう》するギャラリーには、「どうぞ手を触れてください」という看板を掲示した。その夜、扉に鍵をかけ、明りを落としたあと、彫刻家は像の群れに紫外線ライトを当ててみた。青い部分がゼリーに似たまだらになって現れたが、それは主に乳房と尻に集中していた。難しいのは女性の形を工夫して、単に誘惑的なだけでなく、全身を均一に誘惑的にし、表面全体にまんべんなく手を触れてもらうことだとわかった——乳房はもちろん、肘《ひじ》にも、指の関節にも、背骨にも、腋《わき》の下にも。鼻と唇のあいだの縦の窪みにも。耳の孔を囲む軟骨の隆起にも。さらに二、三か月の試行錯誤を経て彫刻家は推測を固めた——そうした像の理想的なサイズは平均的な女性より八〜十二パーセント大きく、理想的な姿勢は、背の高い花の香りを嗅《か》ごうと身を屈《かが》めた人のように、両脚を伸ばし上体を軽く曲げたポーズだ。人の手をもっとも惹《ひ》きつけるのは、台座の上に置いた像ではなく、床に据えた像でもなく、浅い鉢の中に展示した像だ。己《おのれ》の芸術と考えているものからは、決して導き出されない推測だったが、目の前では反論できない証拠が青く輝いていた。石鹸石から大理石に切り替える準備をしていたとき、彫刻家はとうとう病気に追いつかれた。鑿《のみ》を研いでいたはずが、一瞬にして死後の世界をぶらぶら歩いていたのだ。彫刻家は何百万という幽霊の一人になっていた。幽霊たちは長いこと肉体の中に収まって、そこに押さえつけられていたため、いまではランタンのように光り輝いていた。三十年だか六十年だか八十年だかのあいだ、自らの皮膚に抱かれていた結果だ。有名彫刻家は傑作を完成できないと知って軽く腹を立てたが、自分もまた輝いているのを見て慰められた——一生分の接触によって己が磨かれてきたといまわかったのだ。

五十一　二番手

男はいままでずっと、はっきりした野心を持ち続けていた——ウィーンで二番目に偉大な作曲家になること。他人の非凡な才能に炎をまずは弱められ、次いで呑み込まれてしまう二流の才人。その目標を達成するには、生涯にわたる努力が必要だとわかっていた。男はたった九歳のとき、クラヴィーアとバイオリンのために、悪くはないが優れてもいない旋律をいくつか書き始めた。思春期を迎えるころには、オルガンとピアノのための記憶に残らない短いソナタに進んでおり、その後、才能が開花すると、鍵盤楽器のつまらない協奏曲を作曲し、教師の一人から「よく言ってもほどほどの魅力しかない」と賞賛された。男はたゆまず努力したし、求める水準は高かった。ときおり、ふとひらめいてスコアに記したフレーズを陳腐なものに直していると、幽霊の手が自分のペンを導いているような気がした——守護者、ミューズ、天使の手が。音楽は彼にとって実にくっきりしていた。耳を澄ますと、弦楽器が互いに詫《わ》びを言い合い、フルートとオーボエが〝失礼〟と小声で謝り、打楽器が背景で発作的にせき込むのが聞こえてきた。耳にする音を捉えることさえできれば、できあがった曲はどことなく、だが紛《まぎ》れもなく期待外れだと、とびきり寛大な聞き手でさえ感じるに違いなかった。皇帝ヨーゼフ二世から最初の依頼を受けるころには、このうえなく平凡なため、ほぼ一瞬で大衆に忘れられる交響曲をいくつか作っていた。つかのま大気を汚したあと、波が砂の上に残した泡のように消えていく曲を。それらが受けるなまぬるい喝采《かっさい》は、決まって彼を喜ばせた。たまにブラヴォーと声がかかっても、さほど当惑はしなかった。同じ曲がもう一、二度演奏されれば、歓声は野次《やじ》で帳消しになり、まず間違いなくバランスがとれるとわかっていたのだ。男は力を尽くし続けることで、己の作る曲が次第に凡庸《ぼんよう》になっていくと確信していた。彼が予想していなかったのは、彼の前で天分を燦然《さんぜん》と輝かせているあの俊英、神がその仕事に就《つ》かせたに違いないあの温厚な指揮者が、さらに偉大な天才のせいで輝きを失うことだった。青白いやせぎすの若手音楽家がザルツブルクから訪れ、皇帝の前で初めて才能を披露したとき、作曲家が崇《あが》めてやまなかったサリエリはたちまち、彼自身のサリエリと対峙《たいじ》することになった。すなわち、ウィーンで二番目に偉大でありたいと願った弱小作曲家は、何人も連なるサリエリの中でせいぜい三番手にすぎないということだ。やがて彼は、己の野心の実現がどんなに望み薄になったかに気がついた。いつの日か——と彼は自嘲《じちょう》まじりに考えた——作曲の歴史が書かれるとき、そこに示されるのは、だんだん小粒になるサリエリの無限の連なりだけだろう。めいめいが一つ上のサリエリよりつまらない存在なのだ。

五十二　かくもたくさんの歌

遅かれ早かれそうなるはずだった。世界から新たな歌が尽きてしまったのだ。「こんなに長くかかったなんてびっくりよ」とかみさんは言った。わしらは——彼女とわしは、歌が最高だった時代を生きてきた。エルヴィスからビートルズに流行が移り、ドゥーワップが去ってスティーヴィー・ワンダーが現れる。その当時——AMラジオの時代にも、こいつはすばらしすぎて続くはずがないと人々は感じていた。一週間くらい前だと思う、わしらはいつもどおり月曜の夜を過ごし、パスタをゆでながらホット１０１（オハイオ州ヤングスタウンのＦＭ局）を聞いていた——「いつだって最新、いつだってヒット曲」——ＤＪがそう言うと同時に、そいつがとうとうやってきた。この世に存在し得る最後の歌が。そしてラジオ局はもう番組を流そうとしなかった。マイクのノイズがブツブツと少し聞こえ、そのあとには沈黙だけが続いた。スピーカーからはかすかな雑音がコンクリートのハイウェイを走るタイヤの音のようにささやきかけた。ザザー、サー。ザザー、サー。ザザー、サー。その道は長くて、まっすぐで、何日も延びていった。そう、かみさんとわしはまな板やコンロの前に立つたびにラジオを聞こうとし続けた。習慣ってやつだろうな。だけどあいかわらず聞こえてくるのは、ザザー、サー。ザザー、サー。ある日の午後、レタスを洗いながら、かみさんが首をかしげて訊いた。「あれ聞こえる？」わしは〝ごっこ遊びだな〟とうなずいて調子を合わせたが、かみさんの表情には〝ごっこ遊びしよう〟みたいなところは一つもなかった。むしろ〝むっとしてる〟という顔だった。かみさんはわしの腕をぴしゃっと叩いて、もどかしげにラジオのほうを指して「あれ」と言い、もう一度「あれ」と言った。最初、聞きとれたのは例によって道を行くような低い雑音だけだったが、そこに何かが膨れ上がってきていた。聞いてほしいと望む何かが。わしの耳は次第にそれを捉えられるようになった。音楽の幽霊。いまじゃみんなそう呼んでいる。それはどこか別のところから聞こえる音楽だ、そうとしか思えない。実体を必要としない音楽――という言葉で通じるだろうか。メロディも形式もなく、展開もほとんどなく、うっすらと拍子みたいなものがあり、芽生えてきて引いていく気配がある。いままでに生まれて死んでいったあらゆる歌は、水として生まれ、死んで蒸気に変わったと言わんばかりだ。歌は生きてたときは盛り上がったり揺れたりして自分を表現し、死んじまったいまでは、息遣いとささやきで自分を表現している。ときおり霧の中から、かつてあった曲のゆらぎが感じられることもあるが、そいつはそう長続きしない。そういう音に合わせて動くことはできず、ダンスすることもできない。ただ、自分をそれに委ねてしまうことはできる。それがみんなのやったことだ――かみさんも、ほかの大勢の連中も、埃《ほこり》っぽいソファの上やドライブウェイで動かなくなった車の中で。あの最初の夜、かみさんはずっとキッチンに立ってラジオに耳を傾け、翌朝もまたそうしていた。そしていまも彼女を探しに行くと、必ずそこに立っている。わしの声は聞こえていない。ほとんど何も聞こえていない。日ごとにかみさんの姿勢は少しずつリラックスし、目は少しずつ色を失い、肌は少しずつ透き通ってくる。ゆうべ彼女が服を残してふわふわ飛んでいっちまう夢を見た。彼女自身の幽霊――それだった。わしは手を伸ばして彼女に触れようと計画してる。もうじき――待ってろよ――やってみるつもりだ。彼女の腰のくびれに。それがわしの考えだ。

五十三　音響の問題

幽霊とはキリンのようにふだんは音を立てず、ときおり低いうなりをあげるものだ。孤独でいる習性があり、周知のとおり悲しみに沈む彼らは、ときたま二、三人で集まっているが、それはどう見ても故意ではなく偶然である。互いのあいだにごくわずかな隙間があれば沈黙を守るが、彼らの体は肉ではなく霧であり、形を崩して流れることで移動している。幽霊たちのとった形が交差したり混じり合ったりすると、遠心力が働くような低いヒューンという音が生じる。それは高圧線が風に鳴る音を思わせる。話し言葉と呼ぶほど上等なものではない。その響きに生物的なところは、まして人間的なところはまったくない。単なる音の伝播《でんぱ》と呼んだほうがいい。こういうヒューヒュー音やうなり音が発生すると、幽霊たちは気恥ずかしさを覚えるようだ。埃や石が保っているような、ごく重々しい沈黙以外はマナー違反だと言わんばかりに。ちょっとしたチャンスがあれば幽霊たちは離れ、低いうなりもやんでしまう。だがそれに伴い、彼らが存在するという唯一の明白な証拠も消えてしまう。というのも、生きた人間が知覚するのは幽霊そのものでは——幽霊の目覚ましい姿、幽霊のオーラではないからだ。人間が知覚するのは幽霊の音なのだ。そこに問題が存在する。昨今のように超自然的なものを希求する時代において、多くの人は、霊魂との遭遇は少ないより多いほうがいいと考えている。この欲求および、幽霊側のそれを拒もうとする性質に対処すべく、幽霊エ

ンジニアリングという仕事が生まれてきた。原理は単純である。幽霊が好む孤独はきわめて静謐《せいひつ》なものだ——いにしえの預言者のように荒野に隠遁《いんとん》して嵐に耐え、託宣《たくせん》をしたいわけではなく、秩序があって心にかなう、形而上《けいじじょう》の郊外で過ごしたいと思っている。幽霊エンジニアの仕事はいわば、幽霊をそうした郊外から都市へおびき出すことだ。これまでにいくつか、幽霊を効果的に一箇所に集める要素が発見されている。カーブした壁、地面より低い出口、木製の吊るし飾りがカチカチいう片隅などだ。また、幽霊をよせつけない要素もある。塩をまいた窓枠、水色に塗られた部屋といったものだ。幽霊エンジニアは、それらの場所がうまく連なるように配置して、そこを通る幽霊同士がやむをえず交差し、従ってうなりを立てるようにする。この作業が成功すると、ある家を——誇大広告などではなく——〝幽霊屋敷〟と呼ぶことができる。魔術的な力や魂の曖昧《あいまい》なざわつきの結果ではなく、交通工学の成果としての幽霊屋敷だ。確かに幽霊たちにとって、そうしたやり方は多少の不快を伴うかもしれないが、だとしてもそれは、ラッシュ時の通勤客が味わう軽めの不快感を超えるものではない。そのうえ、そうした苦痛は一時的なもの、理論上のもので、どのようにも解釈できるし、生きた人間の——家の購入者の——幸福に照らして評価されねばならない。その人間たちは紛れもなく、非物質的なもの、霊的なものへの強い憧れを抱いているのだ。幽霊たちは重なり合ったあと、いくらでも孤独な状態に戻ることができる。そして死の小ぎれいな杭柵《くいざく》によって互いから隔てられ、なんであれ幽霊なりの思索を巡らすことができる。

五十四　香り《ブーケ》

彼が亡くなるとき、いっしょに彼の声も死ぬことは、彼女にもわかっていたが、なぜか彼のにおいも死ぬとは気づいていなかった。そう、それは二、三か月のあいだ彼が残した衣類にとどまっていたが、やがて薄れていき、彼女はまたしても消滅を嘆くはめになった。だがある日の午後、キッチンに立って食品を袋から出していると、それはふたたび現れた。紛れもない彼の体の香り、甘くアーシーで工作用粘土のような穏やかな刺激がある。その香りは彼女の周りに力強く湧き上がった――ふわぁん、という具合に。一瞬、つらい現実を思い出すより早く、彼がまたピーナツの瓶やポテトチップの袋を求めてキャビネットを漁《あさ》っているのではと思った。馬鹿げている。まったく馬鹿げている。彼女は冷蔵庫に向き直り、残りの卵を卵ケースに移した。だがその夜、横になってうとうとと眠りに落ちかけたとき、またしても彼の香りを感じたのだ。夢うつつの彼女は、彼が手足を曲げて二人のベッドに入ろうとしていると、彼女を起こさずに布団の下に潜り込もうとしていると確信した。だが彼女の意識はごく淡い靄《もや》のようなもので、じきにそれすら消えてしまい、翌朝目が覚めたときに覚えていたのは、鼻をくすぐるかすかな香りと、つかのま感じた懐かしいぬくもりだけだった。その朝、それはもう二回起こった。最初はノートパソコンでニュースをチェックしていたとき、二回目は歯を磨いていたとき。それから二、三時間後、宅配便の伝票にサインしに玄関に

出たときにもう一度。その後数日間、あの濃厚に混じり合ったアロマがくり返し彼女の元に届いた。何度も何度も、この部屋でもあの部屋でも、空気中で何かが動いて香りが強く立ち込め、彼女を包み込んだ。あの人の幽霊だと彼女は考えた。彼女に話しかけることはできず、姿を現すこともできないが、死の向こう側から化学物質の香り《ブーケ》を差し出すことはできるのだ。長年にわたり、何十万回とドアをくぐって、仕事の会議やディナーパーティに行くときに、彼がまとっていた香りを。その香りが弾《はじ》けるたびに、あの人はまだ存在している、そればかりか近くにいるというしるしになった。彼女はカーペットのウールのムスクの香りに、カウチの甘い革のにおいに腹を立てるようになった。それらを無視するには悔悛者《かいしゅんしゃ》なみの一途《いちず》さが必要だった。だが彼女はそれらを無視してのけた。彼が彼女とコミュニケートする方法を見つけたのだから、彼女もお返しに彼とコミュニケートしたかった。彼が生きていたころはよく、彼女の首と鎖骨《さこつ》のあいだの窪みに顔を埋めて、香水のジャスミンとバニラの香りを、ボディローションのベルガモットの香りを、ピーマンのようにぴりっとした汗のにおいを吸い込んだものだ。どうすればいいかは自明のようだった。次に彼の存在に気づいたとき、彼女はボックスファンの前に立ち、空中に自分の香りが漂うようにした。それから十一年、彼女が亡くなり、彼が彼女を連れ去るまで、二人はそうやって会話をした。彼女の香りと彼の香りを混ぜ合わせ、二人の香りを生み出して。

五十五　野原で解けていく雪の泥くさいにおい

今朝、家はいつもと違っている。それは間違いない。どういう意味で〝違っている〟のか、男にはよくわからないとしても。少し充満しすぎ——このくらいが精いっぱいの表現だ。ビールの泡のように何もかもあふれ出しそうなのだ。それに比べて、彼自身はいつもよりたいらで、薄っぺらで、存在感がない気がしている。まるで夢の中にいるような感じだが、どう考えても夢を見ているわけではない。たとえば夢というのはにおいがしないものなのに、家の中はいつもどおりのにおいがする。食料雑貨店で買うペーパーバック、浴用石鹸、料理用の油、洗濯かごのカビなどのにおいが、次から次へと漂ってくる。そう、普通の感覚では、家にはまったく変化がないと認めるしかない。違いがあるのは、普通でない感覚にとってだけだ。その違いを簡潔に言い表せと強いられたら、男は〝いつもより豊かだ〟と言っただろう。家はいつもより豊かだ。過飽和した感じ、ぜいたくな感じがする。〝染めすぎ〟と言いたいところだが、彼が感じているのはものの染まり具合ではない。色でもなければ外見ですらないが——なら、なんなのだろう。心の奥底の暗がりで直感が小さく跳ね回る。男はいったん思考を止める。まごついているうちに正解を言い当てたような気がする。染めすぎ。過飽和。いつもより豊か。普通でない感覚——それではないかと男は思う。違いは家ではなく、自分自身の中、自分の感覚の中にあるのかもしれない。その理屈はゆるぎないように思える。

盤石《ばんじやく》と呼んでもいいくらいだ。何もかも目には同じに見え、耳には同じに聞こえ、鼻には同じにおいがするが、やはり同じでないとしたら、男が目や耳や鼻以外のものを使ってそれを感じとっているのだろう。何やらはっきりしない理由により――まるで神経の分化でも起きたかのように――新しく謎めいた感覚器官が手に入り、ものの豊かさを感知できるようになったのだ。むこうの玄関扉の脇には傘の豊かさが立てかけてある。こちらのダイニングルームにはワインラックの豊かさが置かれている。書斎には机の豊かさが鎮座し、机の上にはランプの豊かさがあり、ランプの下には雑誌の豊かさが広げてある。あらゆるものがふっくらした完全な存在となっている。彼だけが、彼一人がそうではない。寝室に戻るころには、何を目にすることになるか覚悟ができたつもりでいる。準備ができたと確信している。実際、彼をひどく動揺させるのは、まだベッドの上でぬくもりを発している自分の遺体の光景ではない。己自身を捉えられない感覚を、自分は発揮することができるのだという、ゆっくりと浮かんでくる認識だ。

五十六　道具学

観客席の五列目にいて、オーケストラが楽器の音合わせをするのを聞いている紳士は、紳士という存在の半分でしかない——正確に言うと精神的半身だ。だが彼が肉体を持たないと言うのは、厳密には間違いではないにしろ、少なくとも誤解を招くと当人は思っている。彼はとるに足らない程度に、かすめる程度に、それとなく肉体とつながっているだけだが、物質的半身という媒体の中に落ち着いてはいる。物質的半身は彼自身と同じく、観客席の五列目で交響曲が始まるのを待っている、英国製スーツを着た細身の紳士だ。その二人——一人は物質的半身、もう一人は精神的半身——は同時に、軍人なみに動きをそろえて足を組み、スーツの上着の緩んだボタンをいじり、腕時計に目を落とし、眼鏡のブリッジを押し上げる。それぞれの動作は紳士の物質的半身の意志と促しによって行われる——二人の長く、緊密で、窮屈で、分離不能な人生のあらゆる動作がそうであったように。本音を言えば、紳士の精神的半身は物質的半身の囚人であると感じているが、この状況は物質的半身の責任ではないと認識している。あの男は精神的半身が存在することを漠然としか意識していないし、仮にちゃんと気づいていたとしても、死ぬ以外にどうやったら半身を解放してやれるだろう。紳士の精神的半身のとなりで、革のクラッチバッグの精神的半身の留め金をいじっているのは、紳士の恋人の精神的半身だ。二人のすぐ前に堅苦しい姿勢で座っているのは、タンブル

ウィードなみにもっさりした髪で上背のある若者の精神的半身。その若者の頭の物質的半身のせいで、ハープといくつかのバイオリンが見えなくなっている。その若者の二列前方、二つか三つ左の席には、紳士の前妻の精神的半身が、紳士が買ってやった青い素敵なドレスの精神的半身を着て座っている。紳士はそれを贈った少しあとに、好きな人ができたから別れたいと告げたのだ。彼女は、前妻は昔から執念深かった。執念深く、うるさ型で、抜け目なかった。五列目にいる紳士の精神的半身は、前妻が紳士の気まずさをどれほど楽しむはずか、いやというほどわかっており、それゆえ彼女に気づかれないことを祈っている。咳《せき》や声高なおしゃべりをしないようにすれば、気づかれずにすむだろう。しかし例によって、彼の行動は彼の思いどおりにはならず、物質的半身の決定に従わねばならない。あの男はしょっちゅう、彼が戸惑うようなふるまいを自分に――従って彼に――させている。親指の爪《つめ》でマッチを擦ったり、文字どおり〝ハックション〟とくしゃみをしたり、そういうことを。ほかでもないこの夜くらい、分別を働かせてもよさそうなものだが、あの男はどちらかと言えば鈍感なほうで、予想どおり、指揮者が舞台に登場すると力いっぱい拍手をし始める。この場合には大きすぎる拍手だ。まるで自分の手が立てる騒音を楽しんでいるみたいだ。周りの客がそっとふり返って彼を見ている。これまでに何度もあったことだが、紳士の精神的半身は恥ずかしさのあまり、物質的半身の額をぴしゃりと叩いてやりたくなる。ああ、精神が肉体と分かれる日は早く来ないものか。二人が別々の道を行ける日は早く来ないものか。

五十七　陽射しがほとんど消えて部屋が静かなとき

ある幽霊が、彼自身の落ち度ではないが、生きた肉体に、正確に言うと幼児の体に閉じ込められたと気がついた。幽霊は長きにわたり、肉体という罠《わな》に囚《とら》われて命以前の世界から物質の世界にひっぱり出された不運な魂について、膨大な数の伝説、寓話《ぐうわ》、詩、決まり文句、物語、ジョーク、歌を聞かされてきた。教訓は常に同じだった——おまえの務めは耐えること。ただそれだけ、耐えること。おまえが中に入った幼児はやがて成長して大人になり、衰えていくだろう。一世紀かそこらでおまえはまた自由になれる。幽霊はすでに、永遠の半分に等しい多くの世紀を過ごしてきたし、そのことにとりたてて困難は感じなかった。そんなことを言うのは彼が不遜《ふそん》だからではなく、単に率直だからだ。自分には間違いなく、ただ存在するだけでなく存在し続ける能力が備わっている。あと一世紀くらいどうだというのだ——そう考えると同時に、幽霊は丈夫なハンモックに入るようにその肉体に落ち着き、何十年かをやり過ごす覚悟を決めた。ところがほどなく、幽霊が困惑したことに、その状況では単に時間を過ごすだけでなく、時間を完全に、気を抜かず経験しなくてはいけないと判明した。過ぎてゆく一瞬一瞬にしっかり意識を集中しなくてはならない。さもないと彼の幽霊性、彼の自我は抜け落ちていき、存在が回復できなくなってしまう。最初、幽霊がからめとられた生活は、ミルクに耽溺《たんでき》する午後と、半開きの窓のそばでうねるカーテンだけでできていた。

きわどいところだが乗り切れるかもしれないと彼は思った。だがある日、囚われの身になって三年目に、彼を捕えた体がオレンジソーダで作った氷を奥歯でかみ砕いているとき、ずっと気を張り続けていたせいで幽霊は疲労を覚え始めた。彼の中の深いところに痛みの前兆が感じられる。この痛みと気の緩みの予感はいつ現実になるのだろう――その疑問に悩まされるあまり、幽霊は平常心を失うところだった。それ以後、幽霊は常に自分自身に警戒の目を向けるはめになった。五年目、彼を収めている肉体が庭で見つけた棒をふって鞭《むち》の音を立てているとき、幽霊は一瞬、ぼんやりしてしまったが、危ういところで放心状態から抜け出すことができた。十二年目、しつこい痛みが生じ、そのせいで五感が乱れ始めた。二十五年目、大きなうねりのように襲ってくる高熱と吐き気を経験し始めた。三十二年目、絶え間ない耳鳴りがするようになった。彼を虜囚にしている肉体は歳を重ねていった。幽霊が知る限り、肉体は一度も彼の苦痛に気づかなかった。己の窮状に気をとられずにいるのは難しいとわかった。猫が蝶《ちょう》を追うように、意識がそれを追いかけてしまう。ときにはぎりぎりのところで自制心をとり戻すこともあった。虜《とりこ》になって四十三年目のなかば、彼を閉じ込めている肉体がラケットボールのコートを駆け足で横切っているとき、恐ろしいことに、筋肉が幽霊を締めつける感覚が強まってくるのがわかった。〝やめてくれ〟と感じる間もなく、視界がかすみ、自分が意識を失って落ちていくのがわかった。おそらく彼はいまもそこで落ち続けている。

五十八　男のようなもの

舌で歯をつついているあの男は、人間とは言いがたい。人間に欠かせない特徴をほとんど備えていないのだ。完全性も、大きさも、物質性も。実際、あの男はただ一つの特質だけでできている——口の左下、第一臼歯《きゅうし》と第二臼歯のあいだにとり除けない食べかすが挟まっているという確信に近い思いだ。それはゴマ粒かもしれないし、ピーナツのかけらかもしれない。最近まで彼のこの特質は、図書館に勤める年配のレファレンス係のものだった。しばらく病気をしたあと、図書館員は亡くなり、そのとき彼の幽霊が、というか、歯のあいだに食べ物のかけらが挟まっているという確信の幽霊が誕生した。図書館員の残りの性質がどこに行ったのか、この幽霊にはわからない。たぶんほかの幽霊のところだろうが、彼がそう推測するはずもない。なにしろ彼自身が幽霊であるという事実も、まして自分が多くの幽霊の一人であるという事実もまだ把握していないのだ。いまのところ彼は、先に述べたような一つの特性にすぎない——何かが、ゴマかもしれないがたぶんナッツが、歯のあいだに挟まり、どんなに正確に舌を使ってもとり除けず、フロスか爪楊枝《つまようじ》がないとお手上げだという感覚。よかれあしかれ、これがこの幽霊の個性の本質なのだ。その周りに一かけらずつ、この人間の一部、あの人間の一部という具合に、残りの特質が徐々に集まってくるだろう。次にやってくるのは、ハイウェイの事故で亡くなったウェイトレスの一部で、近頃カントリーミュー

ジックと呼ばれているものは、カントリーミュージックではなく、鼻声を使い、コロンをぷんぷんさせるポップミュージックにすぎないという見解だ。その次に来るのは、終身在職権を持つ経済学教授の性質で、愛玩《あいがん》動物に対するあからさまな、ほとんど開き直った感傷だ。それがあまりにひどいため、教授は猫や犬が（金魚さえ）危険な目に遭う映画は目を閉じて耳を覆わないと見ていられなかった。幽霊が成功した不動産業者から受け継ぐのは、時間が過ぎるのは速いものだという軽い痛みを伴う認識。熟練の放射線科医からは、湖や川の一角に造られたスイミングプールへの偏愛。一つ、また一つとそうした特質は彼のもとに集まってくる。揚げ物専門の料理人からは休みの日の洒落者《しゃれもの》ぶり。若き電気技師からは花粉アレルギー。神経質な独《ひと》り言をいう癖《くせ》。特売品を購入する才能。海の泡が砂浜に残す何千というはかない半球を愛する気持ち。思春期前のようにやせた体、すなわちバッタなみに細い胴体と筋張《すじば》った腕や脚。情にもろいところ。両手利き。怒りっぽさ。自分は無数の幽霊の一人なのだと彼はとうとう理解する。幽霊とはいずれも断片の寄せ集めなのだ。だが、それらの断片がどういう仕組で彼をこのような霊にしたかは決して理解できないだろう。倹約《けんやく》の習慣と、完璧な衛生観念を持つ幽霊、猫と蝶ネクタイと塩素のにおいの愛好家は、宇宙の偉大な組み合わせゲームの中で生まれたのだ。

五十九　ささやかな感情

彼の運命は、人間ではなく感情であるということ、それもささやかな感情の一つであるということだ。愛や憎悪、情欲や憤怒《ふんぬ》や歓喜ではなく無関心。そうしたささやかな感情はこの世に彼一人ではなく、それどころか彼の近所だけでも、ほかに四人が住んでいる。めいめいが彼と同じで、無関心の一種だ。〝いいかげんな諦め〟はテレビの修理屋を営んでいる。〝クールな無感興〟とは一度ディナーパーティで顔を合わせた。〝人生の喜びへの麻痺《まひ》〟とはドラッグストアでときどき鉢合わせする。そして〝くもりの日のけだるさ〟――それなりに理想的な隣人だ――は、アパートの下の階に住んでいる。五人とも特定の気分が個体化したものとして存在し、より包括的な情緒の領域の中で明確な座標を占めている。彼らはみな、古くから伝わってきた広範な感情の一メンバーにすぎないが、コピーなどない唯一無二のメンバーであり、情動のある一点をぎりぎりまで満たしている。無関心の一種である彼はよく自分に言い聞かせる――ことさら輝かしい感情でさえ自身の境界を越えることはできないのだと。感情のすべてに境界が存在する。すなわち、彼が遭遇するどんな愛も愛の一種にすぎず、どんな畏《おそ》れも畏れの一種にすぎないのだ。おそらく彼らもまた、自分のことを彼と同じくらいちっぽけな存在だと感じているのだろう。彼自身が無関心の一族に属しているというのは、あくまで大まかな言い方にすぎない。もっと細かく言えば、彼は投げやりな無頓着《むとんちゃく》とでも呼べそうな感情だ。さらに細かく言えば、厄介《やっかい》なほど子供じみた興味の欠如。いっそう細かく言えば、七歳から九歳までの子供が、いつか命を救うかもしれない重要な情報を聞き流すときに示す、ほとんどあからさまな、どうでもいいという気持ち。だれかが——だれでもいい——そういう感情を抱き得る限り、彼は——その感情は——存在し続ける。そうしたささやかな感情ながら、こんなにも長生きすると定められたことで、彼はいくらか自分を卑下するようになった。世間の目から見れば、自分などさほど重要ではないとわかっている。もっと深遠な存在になる定めならよかったと、たびたび思ってしまう。王者や恋人たちの感情、英雄の感情、物語や歌の中で賞揚される感情が羨《うらや》ましい。彼はよく、せめて自分の血にその手の情熱が流れていたらと考える。これらはすべて本心だが、ある種の者たちに比べれば自分はかなり幸運だと気づいてもいる。たとえば毎日見ているあの連中、感情ではなく人間である者たち。彼らはあちこちへ走り回り、次々に新たな感情を通り抜けていく。連続するふるいを通過する土のようなものだ。あっというまに寿命が尽きるため、まるで幽霊のようにも思える。思いきり斜めから見なければ、彼らなどそこにいないも同然なのだ。

幽霊と信仰

六十　現実の小さな崩壊

来世はアボリジニーが信じたように天上にあるのか、ギリシャ人やメソポタミア人が論じたように地下にあるのかという問題には、この前の九月にはっきりした答えが出た。野火のような音とともに、現世と来世のあいだの薄膜が破れ、死の国はナラガンセット族（アメリカ東部森林地帯の先住民族）が常々主張してきたように、南西に位置することが明らかになったのだ。理解しておくべきなのは、それが特定の地点から見た南西ではなく、あらゆる地点（ホステル・ブドヴァのとなりの煉瓦《れんが》の庭、スタンリー・エスプラナードの草の生えた曲がり角、チャタム・ピア・フィッシュマーケットの裏手の海岸、バケダーノ広場の石段など）から見た南西だということだ。来世の出現は同時的で、多発的で、継続的だった。日光が地球を包んでいた九月下旬のあの日、あるいは、空に巴旦杏《はたんきょう》の実の銀色をした月がかかっていた九月下旬のあの夜、たまたまどこにいようとも、その地点からきっちり二二五度の方角、ほんの一、二ヤード離れたところに裂け目が現れた。

　裂け目の向こうにあったものを言葉にするのは難しい。あらゆる色と形が移ろっていて、人の目は石さながらその上を跳ねるようだった。白だったかもしれないし、同じくらい黒や灰色や透明だったかもしれない。端のほうが真ん中より観察しやすかった。切り傷めいた開口部が現れた場所の木々や雲や建物と照らし合わせると、裂け目は高さがだいたい屋根つきのバス停くらい、幅がだいたいワイン樽《だる》くらいだった。境界線はじっとしておらず、脈打ったり揺れ動いたりしていた。そしてその向こうから幽霊たちの暴風があふれ出てきた。幽霊の風は熱くも冷たくもなかった。強烈に、いっそ攻撃的なまでに吹き荒れたが、草の葉一枚乱すことはなかった。人間の感覚にとっては、風がもたらすのはせいぜい、埃《ほこり》とアンモニアのぼんやりしたにおいと、切れかけた電球が震えるような、かすかなイオンの発生音くらいだった。だが風上へ向き直ると息を呑むはめになった。辺獄《へんごく》と呼んでも楽園と呼んでもかまわないが、それが何歩か先に存在するのだ。

その日以来、幽霊たちは吹くのをやめない。いまではときおり、ドイツ語で死への熱狂《トートベガイステルング》と呼ばれる病的な熱意に駆られて、風に向き合い、現世と来世の境目を突破しようとする人たちがいる。病気だろうと健康だろうと、若かろうと年寄だろうと、そうした旅人たちはみな同じ表情をしている。熱に憑《つ》かれて気もそぞろの、心ここにあらずという表情だ。近くにいる者――配偶者か子供、友人か赤の他人――に「さよなら」とか「すまない」とか声をかけることもある。だがたいていは一言も口にせずに去っていく。足をいきなり南西に向け、風上に向かって進み、来世の中へ消えていく。だれも見たことがないほど無に近いか、無にしか見えないほどすべてを含んでいる、奇妙な光と形の中で重荷を下ろそうとして。

六十一　異常派と尋常派

理論的聖書研究センターの二人の上級教職員は同僚というより敵同士だった。二人とも新約聖書の正典、特に共観福音書《きょうかんふくいんしょ》（共通する記述の多いマタイ、マルコ、ルカの三福音書）を専門としていたが、年上のほうは尋常派として広く知られており、年下のほうは異常派との評判を急速に得ているところだった。尋常派は自分を威圧的に見せるコツを心得た近眼の紳士で、あらゆる超自然的な事象はたわごとだと述べていた。それゆえ聖書から奇跡や驚異、悪魔祓《ばら》いや復活や変容といった、来世や神の存在を示唆する記述を残らずとり除くことにキャリアを捧《ささ》げてきた。こういう来世的なものに依存する態度は、いまより単純で信じやすい時代の遺物であり、従って手放すべきだと、この紳士は論じてやまなかった。異常派のほうは赤ら顔で、指が蝶番《ちょうつがい》、体がドアであるかのように角をくるっと回る癖《くせ》があり、聖書の目的はまさに日常の中の超自然を明らかにすることだと主張していた。それゆえ福音書からあらゆる律法、系譜、告発を、さらには洗礼や祝禱《しゅくとう》、埃っぽい道端での説教、ありふれた夕食を清め落とすことを使命としていた。自分が拒否するつもりなのは平凡なものではない、と彼はよく皮肉を言った。平凡なだけのもの、月並みなものなのだと。理論的聖書研究センターの上級教職員は二人とも、福音書を一節ずつ念入りにふるいにかけていった。一方は論証可能なものという砂金を求め、もう一方は言語に絶するものという砂金を求めて。異常派の教員にとって、尋常派の教員の学問など壁紙や雑草に等しかった。尋常派の教員にとって、異常派の教員の学問は無気味で誇張だらけのものだった。めいめいが何度も公《おおやけ》の場でそう発言していた。このところ、理論的聖書研究センターの廊下で顔を合わせても、二人はもはやあいさつを交わそうともしなかった。ところがある日の午後――いつかは起きるはずの事故だったが――尋常派の教員が険しい顔でコピー室に入っていくと、ちょうど異常派の教員がくるっと出てくるところだった。二人は衝突し、まき散らされた本や書類の中にひっくり返った。「いつもいつもオフィスを遊び場だと考えおって」尋常派の教員はかみついた。「なんでちゃんと目をあけておかないんです」異常派の教員もやり返した。廊下にあるファイバーグラスの椅子には、センターのたった一人の補助教職員である寓意《ぐうい》派の教員が座っていた。ごく単純な事実ですら、何か別の意味を提示する物語だと考える人物だ。二人の教員が立ち上がろうとして怒鳴ったり、もつれ合ったりするのをながめながら、彼は内心にやりと笑い、物質と精神の尽きることない戦いにもかかわらず、人生とは優しく調和的で、世界とは偉大なところだと考えていた。

六十二　不動産

奥様、こちらにおいでいただければ、垂木《たるき》がアンティークの聖体ランプによって下から照らされているのがおわかりかと思います。おかげで垂木の影は、いわゆる〝やぶのような〟性質を備え、中から無気味にぼんやりと現れたり、クモのごとく降りてきたりするのにうってつけとなっております。こちらの南側の壁には告解室がございます。カーテンは透けない綿ビロードで、床まで垂れているのがおわかりですね。さて、それはどういうことでしょう？　お話しいたします。すなわち、カーテンをさっと開かない限り、告解室が使われているかも、中に何がいるかもわからないのです。無垢《むく》な老女がいるかもしれず、男子生徒がいるかもしれず、両手の肉が手首まではぎとられた死体があって、その顔は激しい恐怖に青ざめ凍りついているかもしれません。あるいは中は空っぽかもしれません。空っぽに見えるだけかもしれません。いずれにせよ、人間らしい好奇心の持ち主が中の様子を知りたいと思ったら、そのカーテンを開かなくてはならないのです。右手のこちらには蠟《ろう》燭《そく》を奉納する棚がございます。夜のこの時間にはむろん使われておりませんが、午前七時か八時になると、蠟燭の火がいくつも震えているのです、嘘ではございません。何十という蠟燭です。祈りを唱えている教区民に火が燃え移るところをご想像ください。その様子が聞こえるほどではございませんか？　最初はヒュッという音、それから悲鳴、それから燃え上がった腕や脚が空《くう》をかきむし

る音。さて、内陣《ないじん》の奥の祭壇はもともとここにあったものです。聖餐杯《せいさんはい》や十字架と同様、一八四〇年代にまでさかのぼります。ええ、奥様のお考えはお察しいたします。ですが、よろしいですか、これらは無害に見えるかもしれませんが、聖なる物質にたやすく浸透していくのです――とり憑くだけでなく、深く沁《し》み込んでいきます――すると聖なる物質は明らかに人を脅《おびや》かすものになります。口の中で凝乳《ぎょうにゅう》に変わるワインほど信者の心を乱すものはございません。手前も身をもって存じております。ああ、あちらのステンドグラス窓に気がつかれましたね。なかなかお目が高い。聖母子が教会の中を気高い慈悲のほほえみで見下ろしているように見えるでしょう。まるでこう言っているようです。いつの日かそなたらの苦痛はすべて和らげられ、いつの日かそなたらの幸福は余さず戻ってくると。ですがごらんください。鉛線がほんの少しゆがんでいるせいで――あそこです、幼子の目が眉に接するところ――キリストの顔が捕食者めいた威嚇《いかく》のオーラをまとっています。それからほら、聖母マリアは確かにまだほほえんでいますが、それは奴隷が主人を宥《なだ》めるために浮かべるような微笑です。そしてもちろん、奥様はよくご存じかと思いますが、窓をガラスの滝に変えるのは造作もないことなのです。左手には洗礼盤がございます。水に手を触れないようにご注意ください。さて、こちらの扉から入っていただければ、聖具保管室をお目にかけられます。先月、あいにく悪魔祓いの少し前に、司祭が祭服に絞め殺されて発見されたのはこの部屋だったのです。新しく赴任してきたのはほんの若造で、神の被造物は本質的に善だといまだ信じています。手前どものような生業《なりわい》の者に言わせれば〝抑えがたき惑乱の見られる好機〟といったところです。裏手には墓地がございますが、奥様には申し上げるまでもございますまい。お伝えしておきますが、こちらの物件はすぐに買い手がつくかと存じます。モダンで快適な設備がそろっておりますから――何千という設備が。ええ、教区の最新の台帳によれば、その数は一五六一七です。欠けているのは住人だけ。ご興味がおありでしたらできるだけ早くお知らせください。今夜ですか。よろしいですとも、奥様。すぐにでもお移りいただけますよ。

六十三　どちらが結晶、どちらが溶液

コール天の上着を着て、信号が変わるのを車の中で待っている男は悲観主義者ではなく運命論者だ。彼はこう信じている——人間は一般に、物事が最善の形になると期待してよいが、このおれはとりわけ運が悪いのだと。その考えは間違いではない。何年か前、男は知らぬうちに〝からかい屋の精霊〟の注意を惹《ひ》いてしまったのだ。その精霊は、とことん悪意があるわけではないが、いたずら好きで、ポーランド人の祖父がプソトニクと呼んでいたものだ。男が何をやって精霊を怒らせたのか、彼女には——精霊には——もう思い出せない。けれども男がそれをやって以来、彼女は次々に罰を与え、男の人生を混乱と不都合と屈辱のほうへ誘導してきた。彼女が専門とするのは恋愛で、男にささやき続ける——優しく根気強くささやき続ける——声は彼女のもの、精霊のものだった。ささやきの内容は、男にもっとも必要な幸福が、男のほとんど知らない女性、その内面生活をぼんやりとしかイメージできない女性の顔の奥に隠れている、というものだ。精霊が最近選んだのは図書館の受付係で、男より十歳も年が若かった。その女性の細い指は、石のあいだを縫う水さながらキーボードの上を走り、男はその指が自分の髪をかき乱すところをつい想像してしまうのだった。精霊の視点から見てさらに好ましいことに、男が彼女の前で落ち着かないのと同じくらい、彼女も男の前で落ち着かないように見えた。この男はまさに、ああいうまごまごした態度を魅力と勘違い

しがちなのだ。〝また口実を作って、立ち寄って話しかけてみなよ〟精霊はそそのかす。〝ディナーに誘ってみなよ〟精霊は提案する。〝別に変じゃないって〟精霊は言い張る。〝やりなってば〟いずれ男が彼女をデートに誘ったら、断る義務を彼女に負わせたと明らかになるだろう。断る義務を彼女に負わせたことで、男のほうが彼女を傷つけ、どんなに男を思いやりたくてもジャブを受け流すしかない状況に彼女を追い込んだのだと。そのとき女性の目に、そして直後に男の目に浮かぶはずの表情を精霊は楽しみにしている。まったく、愉快でたまらない。ところが男はいま、車中に一人きりで、エバーグリーン通りとミシシッピ通りの角で停まっているため、精霊は計略を進めるのを少し先まで持たなくてはならない。かわりに悪意から生まれる能力、神秘的で鎮《しず》めがたい能力を使って、信号柱の基部にある制御機の箱を貫き、コイルの一箇所で電流をせき止める。コール天の上着を着た男は左右の信号が青から黄色に変わるのに気がつき、ブレーキを踏む足を緩めて車を少し前に出す。ところが、対向車線にはさっきから進行許可の信号が出ているのに、男の正面の信号はかたくなに赤のままだ。男はブレーキを踏み直す。どうしてこうしょっちゅう、十字路の信号のサイクルに不具合が生じるのだろう。四つの信号のうち三つは決まって問題なく動作するのに、四つ目の信号、彼の信号は決して正常に動かないのだ。ほどなく彼の左右から車がまた交差点に入ってくる。もちろんそうだ、と彼は思う。ここでもそうなのだ。終わりのない赤信号が、コンパスの針みたいに彼のほうに向けられている。

六十四　無数の奇妙な結合と分離

男は幽霊ではないと露見して来世から追放された。単刀直入に訊かれてやむなく真実を明かしたのだ——自分は生きていて呼吸していると。すると気がつくより早く地上に戻され、ショッピングモールのフードコートで、樹脂コーティングされたスチールメッシュのベンチに腰かけていた。原子がめちゃくちゃに飛び回り、人の群れが脂肪と筋肉をまとってどたばた歩き回っている。男は腹痛を覚え、徐々に空腹なのだとわかってきた。やれやれ、と男は思った。またこれか。左手には麺《めん》のコーナー、右手にはフライドチキンのカウンター。だが、身に帯びている物質を受け容れ、さらなる物質をそこに加えるのは願い下げだった。すでに体は物質ではちきれそうなのだ。来世からこんなにさっさと追い出されたのは癪《しゃく》に障ると言わざるを得ない。結局のところ、彼がどんな罪を犯したというのだ。〝意図的、計画的な物質性〟それが彼に浴びせられた非難だった。一言一句違わない。〝物質性〟について言えば——まあいい、その罪を否定はできない。しかし〝意図的〟だと？　〝計画的〟だと？　彼の真意をあまりにも誤解していて、想像を絶する嘆かわしさだ。彼に言わせれば追放は不当だった。それどころか、大いに不当だった。根本的に不当だった。まだ死んでいないというのは真実ながら、ちょっとした問題にすぎない。男の言い分を聞いてくれたら、向こうもきっとそのことに気づいたはずだ。男は別に、彼らの懸念を理解していないわけではない。

生と死のあいだの門が破壊され、来世が野次馬《やじうま》や観光客、ハネムーン客であふれるところなどだれも見たくはない。だが男は旅行客でもなければ野次馬でもない、それがわからないのだろうか？男は彼らの一員だ。憂いに沈み、堅苦しく、本質以外のあらゆる点で幽霊なのだ。自分自身でいて心安らかだったことは一度もない——少なくとも肉体的な存在としては。現世に戻って五分がたち、男はすでに、自分もほかのあらゆる人間と変わらないような気がしていた。水とタンパク質を湛《たた》えた大きな皮の袋。服を通して、ベンチに並ぶひし形の穴が太腿《ふともも》に当たるのが感じられる。どっちを向いても物質が移動し、変化し、衰え、成熟している。どこもかしこも光にくっきり照らされている。だめだ、だめだ、だめだ。これじゃいけない。男は国外追放に異議を申し立てる書類をなるべく早く提出するつもりだった。それができなければ、死ぬつもりだった——それも手《て》筈《はず》が整い次第。自分にふさわしい故郷である来世、すべてが心地よく非実在へと向かう場所に、なんとかして戻る決意を固めていた。その思いを胸に男は立ち上がり、モールのガラスドアへすたすたと歩いていった。外に出れば必要なものが見つかるに違いない——超自然的な問題を専門とする事務弁護士か、スピードを出して走ってくるずっしりした自動車が。

六十五　携《けい》挙《きょ》

　だいたいのところ、それは聖書に書かれているとおりに起こった。野原が山を呑み込み、水は血に変わり、疫病《えきびょう》と戦争が大陸を踏みにじり、未来がかつて約束していたどんな楽園も、石材と木炭と骨のおぞましい廃墟と化した。だがそのとき、喇叭《らっぱ》の音が鳴り響き、空が分かれて、五十億の顔がヒマワリさながら、主《しゅ》の到来に伴う輝きに向けられた。その光の美しさといったら、どんな預言も言い表せなかっただろう。こんなにも長い歳月のあと、このうえない危難のときに、キリストが降臨したのだ。世界中で信者がひざまずいた。信者たちは主の言葉を誤解していたことも、どのように誤解していたかも、いまだ察していなかった。キリストが王国の黎明《れいめい》に向けて地上を整えるべく、蒼穹《そうきゅう》から降臨してまもなく、予兆となる出来事があったが、それに気づいた者はほとんどいなかった。キリストが人々のあいだを歩き始めたとき、体の左側が麻痺《まひ》した老女がその衣の裾《すそ》に手を伸ばしたのだ。彼女の手は衣に触れずにすり抜け、舗道にぱたりと落ちた。主のローブの手触りはいかがでしたか、とカメラの前で訊かれて、老女は当惑げに答えた。「何もないみたいでした。子供のころ、祖父の床屋を訪ねていくと、祖父は櫛《くし》をタオルできれいにぬぐって、それで遊ばせてくれたんです。ちょうどそんな感じでした。硬いゴムの櫛が帯びた静電気みたいな」弱々しい声だったが、聞く者すべての心を捉えた。エルサレムだけでなく世界中で、十億のスマホとテレビの画面

を通じて。神が諸民族を各地に散らして以来初めて、すべての言語は一つになった――それは甘く清らかな過去の言語で、単語の一つ一つが主の名を称《たた》えていた。まもなくオリーブ山に立ったキリストは、忠実な者をかたわらに整列させた。二千年にわたる虐殺が、あらゆる野原を戦場に変え、あらゆる山腹を墓地に変えており、主が死者たちに起き上がれと呼びかけると、大地は死者の魂でごった返した。そしてまたたくまに生者は骨を残して消え、死者の仲間入りをした。父が息子を、夫が妻を、友が友を、姉妹が兄弟を迎えた。だが彼らは互いにとって霧のようなものだった。腕を伸ばしてもそこには空気しかなかった。キリストは山の斜面から、戸惑う人々に語りかけた。わたしが死んだように、あなたがたも死んだのだ。わたしが影であるように、あなたがたも影なのだ。わたしが幽霊であるように、あなたがたも幽霊なのだ。あなたがたの体は去り、戻ってこない。あなたがたはみな、本当に変化したのだ。まさにそのとおりだった。彼らは洞穴《ほらあな》から吹く風が不滅であるように不滅だった。亡霊が不滅であるように不滅だった――亡霊は命を持たないから不滅なのだ。当然のことだった。とうとう彼らは理解した。再臨はついに実現したが、全人類の復活は実現しなかったのだ。

六十六　666

長年にわたる物々交換や誘惑によって、莫大《ばくだい》な数の罪人の魂を貯め込んだため、それらは悪魔にとって少額硬貨に等しくなった。ただ処分するために千個単位で浪費していた。磁器の銘々鉢《めいめいばち》を得るために二千の魂。ネオプレンのダンベル一組を得るために三千の魂。猪毛《ちょもう》のヘアブラシのために一万と五個の魂。値段がどんなに法外だろうと、品物がどんなに安っぽかろうと、悪魔は躊躇《ちゅうちょ》なく魂を全額支払い、値切らなければ侮辱ととられそうな場合でも値切ろうとしなかった。あんなもの、悪魔にとってなんだというのだ。あの聖なる火花、永遠の精神など。小銭を探していて二、三個落としたとしても、それで何が変わるというのだ。いや、むしろ魂を一つ浪費するごとに、地獄は少しだけ住みよいところになった。罪人の魂一つ一つは、とるに足らない違いしか生まないが、悪魔は次第に気づいていった。彼の浪費がある影響をもたらしているのだ。火の海はもはや堕獄《だごく》した者たちでいっぱいではなく、その結果、悪魔の肺を痛めつける黄色っぽい煙の毒気はゆっくりと薄れかけていた。大気を満たす悲鳴のコーラスは、混乱が減ってもっと響きがよくなり、罪人一人一人の泣き叫ぶ声が多少はっきりしてきた。十垓《がい》の声が吼《ほ》える中、悪魔は彼らが昔歌っていた明るい痛みの歌をもう少しで聞き分けられそうだった。最初の迷える魂を迎えたときの喜びも思い出した――みじめそうに戸惑いながら、洞窟《どうくつ》をよたよたと抜けてきた、うるんだ目のやせこけた女だった。

彼女が石炭の上におずおずと足を踏み出すのを見たときの気持ちも蘇《よみがえ》った——すなわち、自分が経てきた試練や不運には隠された意味があったのかもしれない、それを通じて自分はこれを授かったのだから、という気持ちだ。いままではその魂もほかの魂と区別がつかず、一点の陽光の中に群れるダニと同じ程度にしか、貴重でもなければ輝いてもいない。雑草だ、と悪魔は思った。小銭にすぎん。悪魔は艶消《つやけ》しニッケルのハンドブレンダーに十万の魂を、クルミ材の枠がついたウォーターベッドに百万と五個の魂を、三ピースのユニットソファと房《ふさ》つきのオットマンにあと数百万を費やした。それでもなお、魂を入れた貴重品箱はいまにもはちきれそうだった。とうとう悪魔は見つけた中でいちばん料金の高い建築事務所と契約し、そこの花形設計士や建築技師と会って、たくさんの部屋がある豪邸を建てるように依頼した。無数の無駄な持ち物を収められるくらい広大な家を。悪魔は費用を惜しむなと命令し、業者は費用を惜しまず、悪魔はうれしいことにすっかりかんになった。いまでは夜になると好んでベランダに腰を下ろし、二人掛けのラタンソファに身をもたせかけている。苦労して貯めた膨大な魂のコレクションは、たった一人の罪人を残すだけとなった。悪魔はその人間が慈悲を請うのに耳を傾ける。炎がパチパチいう音の中、その声は鳥のさえずりのようだ。悪魔には健康があり、プライバシーがあり、神が創った世界の光輝から遠く離れた静謐《せいひつ》な家がある。そもそもほしかったのはこれだけだったのだと、悪魔はいまや信じるようになった。

幽霊と愛と友情

六十七　失われて見出《みいだ》され

少年は十一歳、急に背が伸びる時期のひょろっとした体つきだ。漂白剤が飛んだ跡の残るお古のジャージを着て、自転車で近所を走り回っているとき、彼の幽霊が体を離れていった。巨大な白いゼリービーンズみたいなもので、自転車のハンドルの上でらせんを描き、宙に飛び上がったかと思うと、少年がポテトチップやグローブや保温水筒を入れていた前カゴに飛び込んで突き抜けた。少年が（あっ、あれ、ぼくのだ）と思うが早いか、幽霊は鳥さながらふいに道端のほうへ向きを変えた。ヘンネンさんちのきちんと刈り込んだツゲの木立《こだち》に消えてしまう前に、少年は大慌《おおあわ》てでそれをひっつかんだ。家に帰ったあと、体に戻そうと頑張ったが、どんな手段を使っても、幽霊はおとなしくしていなかった。たとえばシャツの下に押し込んで、ふくらみを両手で押さえてみた。何秒もたたないうちに、そいつは裾《すそ》からにゅるっと抜け出て自由になった。シャツの裾をジーンズに入れ、幽霊用の小さな独房を作って再度トライしてみた。今度は片方の袖《そで》を通って逃げ出した。麻紐《あさひも》、のり、ゴムのり、スコッチテープ、バンドエイド、包帯、大工仕事用のパテを試してみた。どれ一つ役に立たなかった。やり方が間違ってるんだと少年は判断した。だいたい幽霊はぼくの中からどうやって――どの出口から――抜け出したんだろう。そこが問題だった。体に秘密のハッチがあるとしたら、たぶん胸のどこかだと思うけれど、どうしてそう思うのかはよくわからなかった。ただそ

れが理屈に合ってるような気がするのだ。そこで少年はベッドに乗って、レスラーみたいに腕をクロスさせて幽霊を抱え、床にうつ伏せに倒れ込んだ。幽霊にパワースラムを決めて、皮膚《ひふ》を通して体内に戻そうと思ったのだ。だが例によって、幽霊は気体のようにすっと部屋の中へ逃げてしまった。もうどうしたらいいかわからない。そう認めるしかなかった。呑み込んでみようか、という考えが浮かんだが、なんとか口に詰め込んだところ、風船を、破裂しない風船を食べようとしている気分になった。ほっぺたがぱんぱんになったし、舌にはスプレーペイントみたいな味がする。幽霊が体を離れて二、三時間後、少年はとうとうそいつを前庭に連れていった。放してやるしかないと思ったのだ。そいつはすぐさま区画の端のオークの木々のほうへ飛んでいき、からみ合った枝の中に見えなくなった。失望で胸がちくりと痛んだが――十一歳にしてすでに、そんな失望は人生につきものだとわかりかけていた――少年は家の中に戻った。だが翌朝カーテンをあけると、驚いたことに、幽霊が家のドライブウェイにあるバスケットボールのゴールをぐるぐる回っていた。その日の午後遅くにプールに行くと、幽霊が飛び込み台の下に隠れていた。その夜、両親に連れられてハンバーガーを食べにいくと、黄色くそびえるマクドナルドのMの字の窪みに幽霊がもたれているのが見えた。それ以来ずっと、幽霊は照れくさそうに独立を保ち、しょっちゅう近くにいるが、決して手の届くところには来なかった。まるで野良犬か野良猫が、少年になついて近づいてくるが、触ろうとするとすっ飛んで逃げていくみたいだ。完全にはぼくのものじゃないけど、十分ぼくのものなんだと少年は感じていた。

六十八　鏡の中のもう一人の男

とうとう男は真実を認めた。自分の顔がもはや自分のものに思えず、鏡や、水たまりや、ノートパソコンの画面や、陳列ケースに映った己《おのれ》の視線を猫よろしく避けるようになったのは、自分が――比喩《ひゆ》的な意味にしろ――幽霊であるからだ。何か月か何年か、ひょっとすると何十年か前、ほんの一瞬注意がそれたことがあり、そのとき男は死亡したが、生活習慣はすでに無意識の動作になっていたため、死んだことに気づかずにそれを維持し、自ら築き上げて久しい暮らしを模倣し続けた。考えれば考えるほど、その説は筋が通るようだった。でなければどうして、鍵やペンやリモコンがこうしょっちゅう指をすり抜けるのだろう。でなければどうして、自分の日々はこんなにも現実味がないのだろう。十五歳のあのときのように、感情が己の中で燃えるのを最後に覚えたのはいつだっただろう――あのとき彼は、暗くなった映画館で自分の太腿《ふともも》にガールフレンドの手が乗っているのを感じながら、生気に満ちて座席に座り、おかしなくらい自意識過剰だったため、あとで二人して午後の明るさの中に出ていったとき、バランスを崩してよろけたのは陽射しのせいだというふりをするはめになった。さらに言うなら、日中の十四時間だか十六時間だか存在を必要とされていたと感じながら、夜になってコンピュータをシャットダウンしたり、テレビを切ったりしたのはいつが最後だっただろう。幽霊にとって、物質世界以上に触れられないのは自分自身の内なる性質だと聞いたことがある。彼らの願い、熱情、みじめさ、喜びは肉体とともに去ってしまった。だから幽霊は己のありさまに怒ったり苦しんだりしない。ただなんとなく自分を憐《あわ》れむだけだ。彼らは自分に何が欠けているのか理解しているが、それはおぼろげな理解にすぎない。まるで死とはぼんやり者が陥る状態、書類のチェック欄にレ点をつけ忘れた結果であるかのようだ。こうした話のすべてが、男のいまの様子を完璧に説明していた。かくして、己の状況を受け容れた彼は、年をとっていくふりをする体で、生きているふりをしながら時間を潰した。白くなっていくふりをする無精《ぶしょう》ひげをそり、痛むふりをする肩をもんだ。目を覚ますふりをして、眠るふりをし、食べるふりをして、飲むふりをし、男の正体を見抜けない女を、あるいは自身も幽霊である女をしょっちゅう見つけては、その女とセックスするふりをし、その間《かん》ずっと、歳月が追いついてきて、もうふりをしなくてよくなるのを待っていた。だがあるとき、そうした女と闇の中で一時間すごしたあと、鏡に映った自分と目を合わせる勇気が湧いてきた。驚いたことに、自分の顔はもはや幽霊のようではなかった。あらゆる自我をはぎ取られた仮面のようではなかった。その数秒間、男はまた本物の人間に戻れたと言えそうだった。これからの三、四十年、常にセックスの最中やセックスの直後でいられたなら――と男は思った――この状態をずっと保てるかもしれない。生気に満ちた状態を。

六十九　アポストロフィ

極端に内気な独身男が、自分の出したものをぬぐって、ボクサーパンツをひっぱり上げていると き、視界の隅で何かがタンポポの綿毛よろしく漂っているのに気がついた。そっちを向いてよく見たところ、男の左手およそ三フィート、だいたい電灯のスイッチの高さに浮かんでいるのは、いましがた射精したものの幽霊だった。小さくて、おとなしくて、アポストロフィが一つ宙に浮いているようなものだ。それでも男は、そいつの存在が気に食わないと、むしろ故意に嘲《あざけ》られているようだと感じた。なにしろそれとはもう縁が切れたはずなのだ。そいつがそこに浮かんで、呑気《のんき》そうにふわふわしているとは無作法かつ生意気な話ではないか。失敬な、と男は心中でつぶやき、口に出してそう言った。「失敬な」極端に内気な独身男はカトリック教徒として育てられたので、このアポストロフィは神からのメッセージ、一種の呪いなのかと思わずにはいられなかった。自分が何度となく誘惑に屈してクリネックスの中に出してきたのを咎《とが》めているのだろうか。男は前に出て、アポストロフィをつかむか床にはたき落とそうとした。だがそいつはふわりと傾いて男の手を回避した。男はラジエーターのほうへ行くと見せかけてまたそっちへ突進した。そいつはふたたび手から逃れた。いい根性だ！　よしよし、ならいいさ、と男は思い、ペットに対するように断固として声をかけた。「いいか、そこにいろよ」ところが男が洗面所に手を洗いにいくと、アポストロフィはついてきた、というか、付き添ってきた。あいかわらず三フィートの距離を保って、目に見えないワイヤーで男とつながっているかのように。別の場合なら、礼儀正しい距離をとっていると思えたかもしれないが、この状況では、どう見てもからかわれているようだった。あまつさえ、男がじかに話しかけたいま、そいつはなぜかチーチー鳴き始めたのだ。その声は磁器のタイルに反響した。調子はずれの歌を聞かせる恐るべきバーレスク（セクシーなダンスを主体とするバラエティショー）だ。こんな状態で仕事に行ったらどうなることか、と極端に内気な独身男は不安になった。恥ずかしすぎて身の置きどころがないんじゃないか？　だが洗面台の前に立っていたら、いい考えが浮かんできた。男がくるっと向きを変えて、左半身をシャワーブースに向けると、アポストロフィは素早く弧を描いてシャンプーラックの上に落ち着いた。男はすかさずカーテンを閉め、洗面所から飛び出してドアをぴしゃりと閉めた。うまくいった！　誇らしげに高笑いする。簡単だったじゃないか。ところが、壁に背中を預けたとき、またしてもアポストロフィがとなりにいるのに気がついた。あいかわらず左手三フィートのところに浮かんでいる。見ようによっては、自分はラッキーと言うべきなのかもしれない、と男は考えた。これまでの歳月に無数の幽霊を生み出してきてもおかしくなかったのだ。手で摩擦するだけで、造作もなく生み出せたはずなのだ。ところが神の恩寵《おんちょう》により、一つも生み出さなかった。そう気づくと恥ずかしくてたまらなくなり、ひょっとすると、それが引き金だったのかもしれない。たちどころに四方八方からいっせいに鳴き声が響き、何千というアポストロフィがコオロギのように活動を始めた。

七十　鏡の中の男

丸眼鏡をかけたあの女性は秘密を抱え、ある日課を守って暮らしている。朝、仕事に行く前と、夜、床に就《つ》く前、決まって玄関脇の鏡を二時間じっと見つめるのだ。合計で四時間、くる日もくる日も、決して欠かさずに。それは何年も前からの習慣だが、よほど自分の顔が好きなのかといえば、べつにそういうわけではない。だいいち彼女の顔は、鼻がちんまりしすぎている。顎《あご》は広すぎるし、骨ばりすぎている。かつて最大のチャームポイントだったそばかすは、髪といっしょに色がくすんできた。そう、彼女が鏡に近づくときは、斜め前からのぞき込み、自分の顔ではなく、その向こうを見つめている。何年か前、出がけにペンダントトップの具合を直していたら、何かなめらかなものが鏡の中でふいに動くのが目に入った。最初は鏡の銀に傷が入っているのかと思った。だが次の瞬間、その傷が頭の上で腕を組んで口をあけ、抑えきれない大あくびをしたので、彼女は腰を抜かした。その姿はどう見ても人間だが、明らかに実体ではないため、彼女はすぐにそれが――彼が――幽霊だとわかった。

それから毎日、約束でもしたかのように、彼女は幽霊の活動をながめてきた。男の姿が見えるのは、玄関脇の小さなヴェネチアンミラーの中だけだ。それも毎回ではなく、彼の活動の場がたまたま、居間か廊下かキッチンのいちばん端と重なるときに限られる。ときおり男は人間と思《おぼ》しき相手に愛情と思しきものを示している――たとえばだれかの髪にリボンを結ぶように指をからませていたり、だれかを背後から抱き締めているように前後に揺れていたり。こうしたことから、男には妻と娘がいるようだと彼女は推察したが、妻子は彼のように鏡の中で形をとることはなかった。一度、十年近く前、雨の多い四月の午前八時、男は自分の歯を調べようと鏡に近づいてきた。切歯《せつし》のあいだに爪《つめ》を走らせているとき、たまたま彼女と目が合った。彼の顔が奇妙なことをしている数秒間、彼女は膝《ひざ》が動かせず、爪先《つまさき》がうずうずし始めた。心臓は世界と同じものうげなペースで打っているようだった。自分が恋をしていると彼女は気がついた。それ以来ずっと、それがまた起こるのを彼女は待っている。

毎月の第一土曜日、丸眼鏡の女性は一張羅《いっちょうら》のシルクのブラウスと、アイロンのきいたデニムのスカートを身につけて、ネイリストの友人とのランチに向かう。友人は通りの向かいの小さな店で働いている。先週、ハンバーガーとフライドポテトを食べながら、彼女は友人にもう少しで幽霊のことを教えそうになった。だがかわりに、まったく違う秘密を打ち明けた。いままで生きてきた五十年を消し去って、一からやり直すところを想像してしまう――それもしょっちゅうなのだと。昔のように、赤毛でそばかすのあるやせっぽちの少女として目覚め、まだ何も決断しておらず、日々の習慣も定まっておらず、五十年後には孤独で失望していて、自分の人生を手放したいと望むことになるとは想像もしていない――。「ねえ」と友人は耐えがたいほどの同情を含んだ声で訊いた。「だれか決まった人はいないの？」

七十一　回転式改札口

袋小路のどん詰まりの家に四十代なかばの気まぐれな夫婦が住んでいる。妻は水彩画のような桃色の顔をした迷い癖《ぐせ》のある女、夫は箒《ほうき》の毛みたいな髪型をした気分屋の男。二人はときに幸せな、ときにみじめな、だが全体としてひどく安定を欠いた結婚生活を送っている。二人の関係の中心にあるのは移り気という問題——その不安定さはいたって深遠であるため、魂に関わると言っても過言ではないくらいだ。夫も妻も仕事から仕事へ、趣味から趣味へ次々に飛び移っていく。二人とも好みや生き方をころころ変える。そして二人とも、おのが気質のせいで不安になるのか自信を持つのか、ふさぎ込むのか楽しくやるのか、身なりを整えるのかだらしなくするのか、刻一刻と変化して定まることがない。ときには朝、目を覚ますと不可解なほどお互いを軽蔑している、ときにはやはり不可解なほどお互いに心酔している。まれに日々の変転の中で、お互いを理解する幸福な瞬間があっても、それが起きたかと思うとどちらかが回れ右して、二人はまた他人も同然となる。二人がこれまでの人生で個性として保ち続けてきたのは、物質的、肉体的な性質、顔貌の特徴といったものくらいだ。あの桃色の顔、夫にとってはそれが妻だ。あの刈束《かりたば》のような黄色い髪、妻にとってはそれが夫だ。〝あなたはあなただ〟という決まり文句は、二人には自明の理というより、禅の公《こう》案《あん》のような性質を持っている。二人とも気づいていないが、夫婦にとって厄介《やっかい》なのは、それぞれの

内側、魂があるべきところに、かたかた回る回転式改札口を備えた空室があるということだ。めいめいが一人の人間ではなく、途中駅なのだ。日々この世を去る何千という魂が、生から死へと旅する途中で二人の中を通り抜ける。双方が己の特性と考えている移ろいやすさ、心変わりのしやすさは単に、そうした魂たちが通過する影響にすぎない。歳月がみるみる過ぎていったのが信じられない老爺《ろうや》や老婆、プロムやナイトクラブに行くためにめかし込んだ自動車事故の犠牲者、シルクのブランケットやテディベアを握り締めた被虐待児、生え際があるはずの位置にスカーフを巻いた癌《がん》患者。迷い癖のある女である妻が、いままでずっと心の奥底が落ち着かないと感じていたとしても、気分屋の男である夫が、ともすれば自分が自分でないような気になるとしても、それ以外の人生などあるはずもないのだ。この夫婦は永続的な魂を持たず、かわりに一生、他の人間の幽霊にとり憑《つ》かれ続ける。同時に、一人の人間であるとはなんと侵されやすい状態か、ただ一人であり続けるのはなんと難しいことか、というかすかな認識にも。

七十二　実話

男は女に恋をしており、だからこそそれを終わらせたいと思った。女は男に恋をしており、にもかかわらずいっしょにいたいと願った。二人は休暇の最後の夜をホテルの部屋の熱気と静けさの中で過ごした。女はソファに腰かけ、男はウィングチェアに座って、お互いへの感情が抗《あらが》いがたいのか、それとも耐えがたいのか、女が考えるように慰めであるのか、男が考えるように懲罰であるのか、結論を出そうとしていた。二人はしょっちゅう身を乗り出し、お互いの顔に鼻をすり寄せた。アルノ川のかたわらの通りから群衆のざわめきが昇ってくる——笑い声、次いでサクソフォンの音。とうとう疲れ果てた二人は、女のノートパソコンでリラクゼーションビデオを流し、録音された驟《しゅう》雨《う》のサーサー音に包まれてベッドに入った。男は幻覚を見るほうではなかったし、幽霊も信じていなかったが、夜遅く目を覚ますと、彼女の幽霊が見えた。幽霊は欄干《スパレッタ》と川に向かって開いた窓へ歩いていった。白い蔓《つる》と小さな曲がった葉の模様がついた黒い生地のキモノをはおっている。見るのは初めてだが、間違いなく彼女のものだとわかった。ゆったりしたキモノの裾は、腰の周りでクラゲのようにゆっくりと広がったりすぼんだりしていて、そのせいで彼女は泳いでいるように見えた。最初男は、自分が寝るのを待って彼女が起き上がり——よくあることだ——部屋を歩き回っているのかと思った。彼女の足が硬材の床をシュッシュッシュッとこするのが聞こえる。風が雨を吹

き散らして模様を作るときの音に似ている。だがベッドの女の側に手を伸ばすと、そこには手の甲があり、彼女がまだ横たわっているのが見えた。それでは、キモノの女性は彼女ではないのだ。少なくとも彼女の肉体ではないのだ。何か別のもの――何か疲れ果てた無頓着《むとんちやく》なもの。彼女ではなく、彼女の服を着た何か。怯《おび》えてもいい状況だったが、いや、男はそのとき気がついた――自分もまた何か別のものなのだと。子供だったらその感覚に名前がつけられたかもしれない。翌朝、二人が扱いにくい鉄の鍵でドアの錠を下ろし、荷物を縁石のほうへ押していったとき、その感覚はまだそこにあった。二人が飛行機の上でつまらない機内映画を見ているときも。それから十二時間後、大西洋の反対側で女が男の腹に掌《てのひら》を押しつけ、何かの感情――それが意外の念だと男はできれば思いたかった――を含んだ声で、「気持ちは変わらなかったのね」と言ったときも。二人は互いの顔を見つめた。優しい目で、けれど遠い距離を隔てたように。男はふと思いついた。あの幽霊が彼女のではなく、自分のだったとしたら？　自分を死へと促すために現れた亡霊だったとしたら？　税関の職員が「出口は左、乗継便は右」とくり返している空港のターミナルが、死の床で見ている夢にすぎないとしたら？　あの古いイタリアのホテルのベッドで、自分の心臓が動きを止めたのだとしたら？　いや、だとしても、と男は思った。そのほうがいいだろう。いまから何年も先に、女は男が自分の元を去らなかった、永遠には去らなかったと自分に言い聞かせることができる。男が気持ちを変える時間はまだあったのだと。女に寄せる男の信頼は弱まっていたが、修復できないほどではなかったのだと。男の心臓は彼女を愛し、それから止まったのだと。

七十三　弾丸とそれを避けるために必要なもの

その年の八月、二人の仲が終わったとき、女の友人たちは彼女が弾丸を避けた（間一髪で危険から逃れるという意味の慣用句）のだと言い、男の友人たちは彼が弾丸を避けたのだと言った。だが実際のところ――少なくとも最初のうち――男は自分がいけなかったのだと確信していた。彼女がいつもはっきり表に出していた苦痛や感じやすさに目もくれず、そのせいで迂闊《うかつ》にも彼女の心を傷つけていたのだと。いっぽう女の側でも、男が何気なく口にした言葉にいちいちすぐ腹を立てたことを後悔し、自分がいけなかったのだと同じくらい確信していた。だがほどなく、友人たちの励ましもあって、二人とも自分をいちばん効果的に慰め、解放してくれる物語を信じるようになった。男は自分に言い聞かせた。彼女がおれを信じられなかったなら、どんな人間も信じられなかったんだ。女のほうはこう思っていた。あの人、自分のちょっとした欠点はあっさり認めてたけど、本当に悪いところにはまるで気づいていなかった。

二人の仲がいきなり終わる直前、男は彼女にとって信じがたいことに、女の両親――ひどく旧弊で横暴な両親――は、彼女が思っているより愛情深いに違いないと、またしてもほのめかした。一方、女がそれまでずっと、うわべでは微笑《ほほえ》んでいたくせに、内心彼の侮辱や無作法さに腹を立てていたと、男は知ることになった。そもそもおれのことを侮辱的で無作法だと思っていたとは、と男は仰天したのだが、そのせいで何度も泣くはめになったと女は打ち明けた。男が公平さだと思っていたものを、女は無神経さだと思い、女が弱さだと思っていたものを、男は乱暴さだと思った。評決を求めることのできる中立的な陪審員はいなかったので、男も女も、相手の体に溺《おぼ》れていた時期に思いを馳《は》せるたびに、一方だけが加害者で一方だけが被害者だと信じ続けた。

関係が終わったのは突然だったので、二人の心にはその記憶がいつまでも鮮やかに残っていた。二人ともふとしたときに、別れの記憶を再訪し、注釈をつけてしまうのだった。まずは別れの直後の数週間から数か月、やがて二人が年齢を重ね、歳月が過ぎていくあいだ、ついには二人が死んで歳月がもはや過ぎなくなってから。幽霊になった二人は、自分の人生の正確な形をいまも辿《たど》ることができると気がついた。ただし生前ほどスピーディにではなく、もっとゆっくりとだ。死とは永遠の一種ながら、過去を超越するというより、過去に浸透していく永遠なのだ。肉体は炎のように素早く時間の中を進んでいく。幽霊はガラスのようにゆっくりと時間の中を移動する。だから二人には、自分たちのかつての姿を観察する機会がたっぷりあった。ほかのあらゆる男女と変わらない男と女、日々の中をあまりにも速く飛び回っている――あまりにも速く。ときにはほかの肉体と衝突し、ときにはかろうじてそれを避けている。死者の視点から見ると、生とは危険なものだった。弾丸でいっぱいの世界、だれもがあらゆる他者をかわしながら生きており、悪いのは神か宇宙、偶然か運命といった、引き金を引いた者だけなのだ。

七十四　膝

データ入力という単調な仕事に就き、人生に対しては静観を貫いている内向的な独身男は、朝刊を読んでいるとき最初のガールフレンドの死亡記事を見つけたが、思いのほか驚いてはいない。〝……後の合併症。遺族は……。享年《きょうねん》四十七〟かつて、遠い昔の病的な青春時代、真っ白なファンデーションを塗って黒いアイラインを引いた彼女は男に尋ねた。「だれかの幽霊を選んでとり憑かれるとしたら、だれのにする？」男は答えた。「きみのだよ。決まってる」二人はハイスクールの裏、むき出しの土の上で煙草《たばこ》を吸っていた。「ほんとに？」と彼女は食い下がった。「あたしが、そう、怒り狂った幽霊だとしたらどう？」幽霊だろうとなかろうと、どのみち彼女はしょっちゅう怒り狂っていたので、男はそう指摘して、彼女からフロッグパンチ（中指の第二関節を突き出して握った拳によるパンチ）を食らった。「いたっ！」男は言った。「ほら、きみはさ、半分それになりかけてるっていうか。いたっ！　いたっ！　待てよ、ぼくは怒り狂ってるきみが好きなんだ」そしてなんと、男は本気だった。彼女は激しい気性の持ち主で、しかめ面や命令口調、奇怪な静電気の放出にそれがよく現れていた。ほかの人間が罵倒《ばとう》を用いるように、わざと静電気を放つことができたのだ。彼女はつまり頑固《がんこ》なのだと彼は思っていた。好きな音楽はとことん好き、嫌いな音楽はとことん嫌い、着るもの、言葉遣い、政治――あらゆるものに頑固なこだわりがあった。そして彼のこともやはり頑固に好きでいてくれた——唇も、指先も、首の棒切れみたいな腱《けん》も。だれかが自分を魅力的だとか面白いとか思うなんてあり得ないと、以前の彼は考えていた。だから彼女には逆らえなかった。「いつかあなたがつまらないおっさんになって」と彼女は続けた。「あたしが死んじゃったとするでしょ、いい？　あなたは青い半袖《はんそで》シャツを着てる。ファッションセンスをなくしたから。多すぎるミルクを入れたコーヒーを飲んでる。味蕾《みらい》もなくしたから。ふいにハエがコーヒーの中で溺れかけてるのに気がつく。翅《はね》や黒い肢《あし》を想像してみて。ハエは二秒前にはそこにいなかった。そいつが気泡みたいにマグの底から湧いてきたってイメージが浮かぶけど、そんなことあり得ない——飛んでる最中に落っこちたはず」何十年もたったいま、珍しく冷え込んだ夏の朝に、男は両親の死後に受け継いだメラミン化《フォーマ》粧板《イカ》とアルミのテーブルに向かっている。古い象牙《ぞうげ》のようなベージュ色のコーヒーにイエバエが浮かんで、黒く細い前肢をすり合わせ、液体の中に泡を立てている。「ささやきが耳をくすぐる。それがあたしなのは間違いない。だけどふり返ってみても、あたしはそこにいない。夏の盛り——七月なのに、空気はひんやりしてる」そしてだしぬけに、男は突かれたような衝撃を覚える。だれかにフロッグパンチされたような。「パシン！　曲げた肘《ひじ》にこぶしの跡が浮かんでくる。そのときキッチンテーブルの下で何かが——膝が——床をこする音がする。あたしのこと好きだって本気で言ってるんだから——そんなふうに死んじゃってて怒り狂ってても好きなんだから——あなたはあたしがいると思って屈《かが》み込むんでしょ？」彼女は尋ねた。そして男は答えた。「決まってるだろ」彼女がくれたキスはスターバースト（ソフトキャンディの銘柄）と煙草の味がした。何かがテーブルの下を忍び寄ってくるいまこのときも、男はその味を思い出すことができる。チノパンごしに軽い静電気が感じられる。男はしりごみする。そして見る。そして彼女を愛し、彼女を恐れる。

七十五　彼女が忘れようとしている男

首が長く肩が華奢《きゃしゃ》なあの女は、一人の男を忘れるために別の男を探している。探し始めたのは一年近く前、アパートから半ブロック離れた地下の酒場でだが、その後ほかの界隈《かいわい》のほかの酒場に移り、次いで美術館やヨガスタジオ、政治集会やスーパーマーケットに移った。夜ごと彼女は物思いにふけって黙り込み、儀式のように家を出る。祭壇に向かって進む侍者《じしゃ》のような気分だ。スカートとハイヒールという恰好で注意深く歩き、足を止め、また歩き出す。自分の服が立てる衣擦《きぬず》れに耳を傾ける。横断歩道で辛抱強く待つ。車のブレーキランプがちかちかする。店々の看板がにぎやかに灯《とも》る。日が沈んだあと、町は昼間と違う香りを身にまとう。彼女はそれを吸い込む。ひょっとしたら今夜、酒場か画廊で、フィットネスクラブか料理教室で、求める相手が見つかるかもしれない。その男は微笑を浮かべ、首をかしげて彼女をじっと見つめ、それから会話に引き込むだろう。その男といっしょにいれば、彼女の心を傷つけた男などかすんでしまうか、頭から消えてしまうだろう。だがそれは決して起こらない。いや、男たちと出会うことはある、もちろんある――男たちのフルキャスト、男たちのフルオーケストラ――だが彼らは常に、忘れようとしている男を思い出させる。少なくともうっすらと、ときには無気味なくらい。この男は彼に似た体格を持ち、あの男は彼に似た姿勢をとっている。この男は彼と同じひねくれ気味の愉快そうな表情を浮かべている。おもに唇と目にそれは現れていて、教師からよそ見をした罰を受けるだろうと、いまだに思っているような顔つきだ。この男は彼と同じ映画が好きで、あの男は彼と同じ音楽が好き。この男は一度くしゃみをして、続けてもう一度くしゃみをする——必ず二回。この男は喉仏に生えたひげを剃《そ》っていない。その喉仏はかっこいいとか美しいとか呼ぶには目立ちすぎているが、それでも魅力的だ——ただし窪みや絶壁のせいで剃刀《かみそり》は当てづらいに違いない。この男はトランプやビリヤードをする際、彼と同じように集中し、剣闘士まがいの意気込みを見せる。この男は超自然と呼ぶもの——その言葉によって幽霊や天使や占星学や輪廻《りんね》ばかりか、運命やカルマや〝第六感《バイブ》〟まで指している——に対し、彼と同じ懐疑的な態度をとる。一ダースの男が彼女に飲み物をおごり、さらに一ダースが電話番号を教えるかもしれないが、結果は常に変わらない。彼女は男を探す努力のむなしさに苛立《いらだ》ち、疲弊している。かつては自分の指先から放たれ、目の前で震えているのが見えそうだった輝きが、消えてしまったように感じている。彼女は次第に、忘れようとしている相手が文字どおり、本質的に、忘却不能なのではないかと疑い始める。あの男の特徴が普遍《ふへん》的だというわけではない。ただ特徴がたくさんありすぎるのだ。唯一の希望は、まったく特徴のない男を見つけることだと彼女は思う。あるいはたった一つしか特徴のない男を——その特徴とは、かつて自分の心を傷つけた女を見劣りさせる女として彼女を見る目だ。

七十六　永遠

女の夫は優しく魅力的で、裕福かつハンサムで、気のきく男だったが、基本的に心というものを持たなかった。海岸ばかりで内陸部のない熱帯の島を想像してほしい。確かに砂は爪先を温め、そよ風が肌を冷やすかもしれないが、島の奥へ進もうとすると、謎めいた力が働いて回れ右してしまい、また波と向き合うことになる。それが二人の共同生活だった——快適さにとり巻かれているが、中心には近づけない。彼女がそうと気づいたころには、人生の曲がり角を過ぎて中年にさしかかっていた。結婚生活は疑問の余地なく穏やかだし、何一つ不自由はなかった。胸に後悔があふれるのは筋違いなように思える。けれど心の声に耳を澄ますと、自分がしょっちゅう同じ二つの単語をくり返すのが聞こえてきた。〝どこか〟と〝遠く〟、〝遠く〟と〝どこか〟、〝どこか、どこか、遠く〟。自分が切望する遠いところとは、場所ではなく時間なのだと彼女は気がついた。そしてその時間とは未来ではなく過去なのだと理解できた。彼女自身の過去、火から舞い上がる灰のように震えて宙に消えていった、あの幸せで愚かな歳月。どうしてあのころに戻ってやり直せないのだろう。これが彼女の唯一の人生であるはずがない。やがて彼女は五十歳のとき冠動脈血栓で亡くなり、あれが唯一の人生だと知ることになった。最初のうち、周りには奇妙な闇があり、濃い赤の染みや筋がそこに重なっていた。次いで鈍い鋼《はがね》とゴム手袋の感触があって脈音が途絶え、あたりが無音だと思い

そうになったが、そのうち電灯のブーンという音が聞こえてきた。自分がどこにいるか気づくのに、どのくらいかかったかわからない。最終的に気づいたとしか言いようがない。彼女が与えられたのは新たな人生ではなく、同じ人生のくり返しだった。同じ母親と父親、同じスプリンガースパニエル、裏のフェンスをイラクサが覆う同じメゾネット。彼女は厳密には幽霊ではなかった。いや、幽霊だとしても、とり憑く相手は自分自身に限られ、内側から自分の経験をのぞき見していた。こんなふうに考えてほしい——かつて彼女は人生の地元民《ネイティブ》だったが、今回は旅行客《ツーリスト》で、人と会話する言語を持たず、物事に影響を与える力も持たない。左に行って、と彼女は肉体に命令するが、肉体は右へ曲がる。その海外での仕事を受けて、と彼女は自分に告げるが、肉体はじっとしている。ほかの人と結婚して、と彼女は訴えるが、肉体は教会の通路を歩いていき、指輪を受けとり、〝誓います〟と決まり文句を口にする。その島を離れて、と彼女は懇願する。どうかその島を離れて。五十歳の誕生日、ふたたび最期に近づきながら、彼女は今度も同じことが起こるのだろうかと疑問に思った。また己の人生の中で目覚め、生前の自分だけでなく、それにとり憑いていた第二の自分にもとり憑くのだろうか。果たして何百人の彼女、何千人の彼女がここにいるのだろう。波が砂に吸われてそっと退《ひ》いていくあのラインに立って。

七十七　遅すぎた

男の妻は心優しく、理想主義者で、邪気がなく、慈愛に満ち、直感が鋭かったが、何気ない言葉遣いにすぐ傷つくほうだった。男自身はおしゃべりで、かつ頓馬《とんま》なことを言いがちだった。正しいことを一つ言うまでに間違ったことを三つ言ってしまい、奇抜な言い回しをサッカーボールのようにパントキックしてよこすタイプの男だった。男は妻に優しくしようとし、妻は夫に寛大な心を持とうとしたが、それは長続きするはずもなく、実際に長続きしなかった。男の二番目の妻は、男自身より野心家で気難しかったが、二十六歳にしていまだ性経験がなかった。己の処女性が癌のように転移するような気がし始めており、だからやけになって男といっしょになり、ハネムーンが終わってからようやく結婚は間違いだったと認めた。三番目の妻はアマチュア演劇の役者で敬虔《けいけん》なキリスト教徒だった。男の不敬な態度を長期公演の巧みな芝居と勘違いしており、どれだけ途方もなく誤解していたかに気づくとかんかんになった。四番目の妻は自分の人生が辿ったかもしれないあらゆる別ルートを夢想するのをやめられなかった。海外でのあの仕事を受けたらどうなっていただろう。子供を堕《お》ろさなかったら。ほかの男と結婚していたら。五番目の妻はまだ前の夫——彼女の三番目の夫——に夢中で、前夫のほうもまだ彼女に夢中だと明らかになった。六番目の妻は完璧主義者で、男の欠点というより、男が彼女の欠点に気づかないことに苛立ちを示した。七番目の妻は男には純朴すぎた。八番目の妻は冒険心が強すぎた。九番目の妻が男を捨ててかかりつけの整体師の元に走ったとき、男はようやく己の問題を分析できた。自分は恋愛に夢を見がちで、ロマンスこそ尊いと信じてあちこちへふらふらし、いつだって次の女性、次の妻に惹《ひ》かれてしまうのだ。講演会やパーティでだれかと出会うと、峡谷のごとく深い親しみと可能性を感じ、気がつくより早く——バン！——また結婚している。十番目の妻は男の政治的な発言が気に入らなかった——まったく中身がないと。十一番目の妻は男が政治的な発言をしないことに反感を持った——まったく許しがたいと。十二番目の妻と結婚する準備をしていたとき、男は亡くなった。およそ六か月後、気がつくとウィジャ盤を挟んである女性と話していた。彼女は霊界が存在する証拠を求めるあまり、しょっちゅう腹から効果音を発していた。クマが立てそうな音、あるいは二つの風船がこすれ合うような音を。「ごめんなさい」と女は謝った。それから「あら、許してね」と。プランシェット（ウィジャ盤上の文字を指す道具）が男の答えを示していく。ユ‐ル‐シ‐マ‐ス。〝許します〟ワ‐タ‐シ‐モ。〝わたしも〟コ‐ド‐ク‐デ‐ス。〝孤独です〟ふいに男は彼女と結婚すべきだという直感を得た。チャンスさえ与えられれば、この愛こそ長続きすると悟ったのだが、男がプロポーズするより早く、女はプランシェットを〝GOOD BYE〟の位置に動かし、男はどこかへ消えていった。なにしろ生きているときと同様、死後においても、こと恋愛の問題となると、〝あなたはぎりぎりになって現れた〟というのは常に、〝もう遅すぎた〟ということなのだ。

七十八　居残り

それは——死後の世界は——学校にそっくりだった。それが彼女の気づいたことだ。どのくらい前だっただろう、彼女は成績がおおむねB^{+}の内気な少女で、点呼のとき彼女がいないと、教師たちは名前を思い出すのに苦労した。とんでもなくひっこみ思案《じあん》だったのだ。いまでは学年も名前も存在しないのに、かつてのあの少女に戻ったような気分になり、死亡日がいちばん近かった二十三人の幽霊といっしょに段階を追って先へ進んでいる。二十三人のめいめいが彼女と同様、きちんとしたシステムを、数人の友人を、何より教育を受けることを必要としていた。授業には幽霊界の物理学があった——〝これが銀器をガタガタいわせるのに必要な力です。これがカーテンを揺らすのに必要なエネルギーです〟。社会科もあった——〝この国では幽霊は不幸の前兆と見なされ、あの国では祖先からの祝福として喜ばれます〟。エチケットの授業さえあった——〝部屋の西側は出現用、東側は召喚用。姿を現す前に空気中に冷気を送ること、現れたあとではいけません。近親者を亡くしたばかりの人にとり憑くのは無作法です。あなたがたまたま、その人の悼《いた》んでいる相手なら別ですが〟。彼女が苦手なのは、昔もいまも人前で話すことだ。聴衆の前でうめくのに欠かせない自信を、ウィジャ盤の上でプランシェットを動かす雄弁さをかき集めるには、彼女が持っているよりはるかに多くの勇気を必要とした。これまでずっと、友人たちに代わりにしゃべってもらうほうがいいと思っていた。いかにも彼女らしかったのはこの一幕だ――霊としてデビューした初日、死んだとき何歳でしたかと訊かれ、思い出せなくて屈辱を覚えたあと、同じく新人らしい光をまとった別の幽霊が、同情のごくかすかなきらめきを見せ、わたしもよという微笑を口元にひらめかせたので、その瞬間から、彼女はその幽霊をいちばんの親友だと思うようになった。彼女にとって何より自然なのは、二人組の幽霊の二番手になること、かわいい子、生意気な子のあとにくっついて回ることだった。ときおり焚《た》き火から燃え殻が飛び出すように、このすべてはあらかじめ定められていたわけではないという思いが、心にくっきり浮かんできた。彼女の親友だけでなく、彼女が気に入っている男の子たち、避けている男の子たち、彼女をいじめる女の子、その他のあらゆる子たちも、単にカレンダー上の偶然によりそこにいるにすぎない――死ぬ前の人生と同様、死後の人生においても。その脈絡のなさには落ち着かない気持ちになった。あまりに多くのことが、ダッシュの両側に置かれた日付によって左右されてしまう。肺が初めて空気を吸った日 ―《ダッシュ》 心臓が止まった日。それが二、三日早かったり遅かったりしたら、運命は彼女の存在をまったく違うキャストとともに記述したのだろう。今日もまた、どこかのつまらなそうな家族の前に浮かんで、超自然的な哀歌を聞かせようとしながら、彼女はときとして、自分は変わることがあるのだろうかと疑問に思う。最終的には時間が彼女を新たな人間にするだろう――それは間違いないはずだ。もうじきではないとしても、きっと卒業の日には。その日には何か別の、もっと大きな死が彼女の名前を呼び、卒業証書を手渡し、現実の外へ出ていくように指示してくれるのだ。

七十九　あなたの靴が好き

メッセージは「あなたの靴が好き」だった。リビングの窓の結露にそう書いてあるのを見つけたのだ。指先の太さの文字が、さりげない巧みさで流れるように記されていた。彼女がそこを手でぬぐっても、掌は乾いたままだった。それでも状況を理解するのに少し時間がかかった。その文字はガラスの外側にあるのだ――あるはずなのだ。部屋はマンションの十六階で、バルコニーもなければ窓枠の張り出しさえない。そんなメッセージがどうやってそこに現れたのか、だれに書くことができたのか、さっぱりわからなかった。太陽が高層ビルの頂《いただき》に達して朝の気温が上がると、その言葉はたちまち目の前で大気の中に吸い込まれていった。

　第二のメッセージは二、三か月後に現れた。「あなたの靴が好き」と、前回と同じ丸っこく感じのよい文字で書いてある。彼女は窓に頰を押し当て、吊り足場《ゴンドラ》やバンジーコード、枠組み足場や吸盤の跡はないかと探したが、建物の表面にはガラスとアルミ材しか見当たらなかった。

　第三のメッセージは次の冬の初めに訪れた。皿を洗っているとき、シンクの上の窓に張った霜《しも》の中にとどまっているのに気づいたのだ。例の言葉――「あなたの靴が好き」――だったが、もう少しで見落とすところだった。背景の空は霜と同じ大理石のような灰色だったからだ。

　第四、第五、第六、第七のメッセージは暖かい四月の午後、二、三分のあいだに現れた。ふいごめいた呼吸のリズムで、薄れて消えたかと思うと新たな文字が現れる。「あなたの靴が好き」「あなたの靴が好き」「あなたの靴が好き」彼女はそのころには、校舎を転用したエレベーターのないアパートの三階に移っていた。新たなボーイフレンドは通勤のために彼女より一時間早く起きねばならず、よくキッチンカウンターやホワイトボードに行ってきますとメモを残していったが、彼の読みづらい手書きのメモは、町を横切って彼女を追いかけてきた、いたずらっぽく流れるように書かれた告白とは似ても似つかなかった。これはどう見てもボーイフレンドが書いたものではなかった。

彼女がまだ知らないが、うすうす気づき始めているのは、そのメッセージが一生彼女につきまとうということだ。どこかの神だか、幽霊だか、悪霊だかは、彼女が亡くなる日まで彼女の靴を愛し続ける。十一軒の家やアパートに住み、何百という客用寝室やスイートルームに泊まり、七人のボーイフレンドと付き合い、二人の夫を持ち、チェッカー盤数枚分の窓を経たあとも、彼女はメッセージが賞賛のつもりか侮辱のつもりか判断できない。その言い回しは十代の少女の婉曲《えんきょく》な発言を思わせる――棘《とげ》のある言葉に砂糖を程よくまぶしてお世辞《せじ》に偽装するタイプの少女だ。靴を買いに行くたびに、気がつくと同じ疑問が頭に浮かんでいる――でも本当は、あのひとどう思ってるの？

幽霊と家族

八十　幽霊の仮の姿

男が住む国は、日光と昆虫《こんちゅう》と庭園と土と幽霊でいっぱいだった。人が病気になったりけがをしたり、幽霊の数が増えすぎたりすると、「肉体は幽霊の仮の姿だ」とだれもが口にした。男は生まれてこの方、ずっとその言葉を聞かされていた。病気やけがの場合は〝人生がはかないことを忘れるな〟という意味、幽霊が増えた場合は〝幽霊に親切にしてやれ、かつてはわたしたちと同じだったのだから〟という意味だ。だが男にとって、連中は迷惑の種だった。幽霊は男の小さな食料品店の通路にしょっちゅう集まっていた。「うちの野菜に何の用だ。うちのへこんだ缶詰の山に何の用だ。頼むから行っちまえ」と通りに追い出しても、やつらは決して返事をせず、ただ幽霊らしい白亜《はくあ》めいた大きな目でにらんでくるのだった。外に出た幽霊は、トビケラのように宙にひしめき、実際、光の具合によっては――たとえば日の出や日の入りのとき、あるいは昼間のにわか雨のあとで空が黄ばんでいるとき――両者を見分けるのは難しかった。どちらも――幽霊の群れもトビケラの群れも――無数の点がでたらめに入り乱れて飛び交い、ぼんやりと縦に広がっているのだ。一度、ある幽霊が首をかしげ、唇から謎めいた笑みをこぼすように見え、あれは女房じゃないかと男は思った。女房はずっと昔、脳卒中で亡くなっていた。また別のときには、ある幽霊がいかにもおとなしそうに肩を丸めているのを見て、つい昨年、癌《がん》で亡くなった大好きなおじのような気がした。だがどちらの姿も、渦巻く亡霊の群れにたちまち呑み込まれてしまった。男の母親はよく、海と呼ばれる場所について話してくれた。そこでは地平線が輝く水でできており、道は亡霊たちで混雑していないそうだが、そんな場所が実在するとしても、ここから遠すぎて月と同じようなものだと男は考えていた。海であれ月であれ、実際に訪れた人がいると思うだけで圧倒されてしまった。ときおり塩からい波が、漂うコンブを己《おのれ》の足に投げかける夢を見たが、男は国境《くにざかい》から外へ出たことはなく、若いころは忙しすぎると、年老いたいまでは疲れすぎていると感じていた。それでもときおり、気がつくと（ひょっとしたら、いつかそのうち）と考えていた。これだけの歳月が過ぎてもなお、（ひょっとしたら、いつかそのうち）と。面白いものだ、頭が生み出す考えというのは。自分に残された〝いつか〟はもうほんのわずかではないか――と男は胸中でつぶやいた――どれだけ多くの〝いつか〟がすでに過ぎ去ったことか。死が彼の名前をささやいたとき、男はまだ七十になっていなかった。ある日の午後、最後までしつこく店に残っていたか細い幽霊を追い払っていたとき、男は足を滑らせて床に倒れ、肉体をなくして目が覚めた。周りには包み込むような幽霊の大海原が広がり、めいめいが色の薄い目を好奇心と思いやりに輝かせていた。幽霊の声は静かな音を立てて耳に打ち寄せる波のようだった。男の妻とおじ、母親と父親。サーッ、サーッ、サーッ。立ちなさい、おまえはここに、いまや目が覚めた、と幽霊たちは言った。することはたくさんある、恐れることは何もない。死はすでに訪れて去っていった。

八十一　困惑の元

何年か前、宇宙の秩序が混乱したせいで、女たちは赤ん坊ではなく幽霊を産むようになった。最初のうちその変化は、世界中で悲しむ何百万もの新たな母親と父親だけでなく、彼らの主治医や産婆にとっても、幽霊そのものにとってさえ当惑の種だった（と言っても、幽霊の輪郭がゆらぎ、その顔が裏返しになるのがどういう意味か、われわれが理解しているとしたらだが）。しかしそれ以来、おおかたの人間はこの状況に慣れてきたと言わざるを得ない。お産はたいてい問題なく進行する。三十分の陣痛、強い圧迫感、そしていきなり幽霊が——乳白色の小さなものが優雅に宙に漂い出て、煙をはらんだ泡のように揺れたりくるくる回ったりしたあと、ポンとはじけて形をとる。出産はあいかわらず奇跡であり、ときには喜ばしい奇跡でさえあるが、別の種類の奇跡、いわば墓の昼の側からではなく夜の側から来る奇跡なのだ。かつて新生児を包んでいた謎——〝命はどこから来るの？〟——はいまや、かつて死者を包んでいた謎——〝命はどこに行くの？〟——とごっちゃになっている。もっとも、こんな話は無駄に哲学的すぎるだろう。覚えておくべき重要な点は、幽霊が完全に成熟した状態で誕生し、大事にしたり、世話したりしなくていいということだ。幽霊には食べ物も家も必要ない。生前にどこのだれだったかは見分けられないし、与えた名前を呼んでも返事をしない。膨大な数の幽霊たちの中にはジムもアーサーも、コーラもジョアンナもいない。幽霊の注意を惹《ひ》くいちばん確かな方法は、指を針で刺したときのように、痛そうに息を呑むことだとわかったが、そういうかすかなあえぎも――幽霊に何かを思い出させるようではあるものの――まれにしか成果をもたらさない。幽霊たちは生まれたあと、両親に伴われてしぶしぶ家にやってくる。だがほどなく煉瓦《れんが》や漆喰《しっくい》をすり抜けて、静かに幽霊の仕事をしにいってしまう。あちこちの食料雑貨店、テーマパーク、古い邸宅に幽霊は集まっている――〝とり憑《つ》く〟という言葉を使いたくなるが、実をいうと、幽霊の意図はよくわかっていない。人間に対し何かを企んでいるのかもしれず、瞑想《めいそう》しているのかもしれず、悲嘆にくれているのかもしれず、単にぶらぶらしているのかもしれない。真相はわれわれの知るところではない。いずれにしろ年々幽霊の数は増え、人間の数は減っている。幽霊は年をとらないし、死ぬようにも見えない――少なくともこれまでのところは。理屈によれば遅かれ早かれ、われわれが年をとって最期を迎えたら、この世界は幽霊のものになるのだろうが、そのときまでに、いま生きていて今後亡くなる人間が幽霊として生まれ、少しずつ彼らの数に加わっているかもしれない。幽霊がいなくなったどこかの来世ではおそらく、われわれと同じくらい困惑した赤ん坊が周囲を埋め尽くしているのだろう。

八十二　見えない、さわれない

その遊びは〝見えない、さわれない〟あるいは〝幽霊〟と呼ばれている。参加するのは年上の女の子と年下の女の子とベビーシッターで、遊びの場所は居間とキッチンと玄関ホール。ルールは簡単だ。年上の子と年下の子はそれぞれ、ベビーシッターが使えない感覚を二つ選び――めいめいが二つ、必ずしも同じ二つでなくてもいい――ベビーシッターは自分に残った感覚を使って、二人をつかまえようとしなくてはいけない。たとえば、年上の女の子、芝居の興行主なみによく響く声を持つ、首の長い八歳の子が、「見えない、聞こえない！」と言い、年下の女の子、すぐに興奮し、木製の独楽《こま》みたいに前のめりになって駆け回る子が、「見えない、におわない！」と言うと、ベビーシッターは放心から覚めたようにはっとして、「この家に、わたしのほかにだれかいる。わたしにはわかる」と宣言し、部屋から部屋へ女の子たちを追いかけていく。年上の子は見えないし、立てる音も聞こえないから、においを嗅《か》いで探し、年下の子は見えないし、においもしないから、耳を澄まして探す。とうとう偶然のように一人をつかまえ、骨の細い腕をひっぱって「一人つかまえた、一人つかまえた！」と歓声をあげる。やがてその子が〝見えない〟から〝さわれない〟に変わってベビーシッターの手からすり抜ける。そこがこのゲームの肝心なところだ。〝つかまえられるなら、つかまえてみて〟ではなく、〝つかまえてみて、ほら！　つかまえられない〟である点が。

ルールは元々、遊びながら即興で作ったものだが、くり返すうちに徐々に固まっていった。ベビーシッターはいつも、よたよた歩きながら両手をカエルのように広げて、女の子たちを触覚で探すふりをし、目を細くして視覚で探すふりをし、アヒルのように唇を突き出して味覚で探すふりをする。女の子たちはいつも、ベビーシッターの腕や脚を素早く叩いて動揺させる。ベビーシッターは疑問に思う――この子たちが演じているのは、死者の魂から逃げ回る人間の子供だろうか、人間のティーンエイジャーをあざける死者の魂だろうか。言い方を変えれば、だれがゲームの名前の元になった幽霊なのだろう。三人の役割は――ベビーシッターは最近英語の授業でその言葉を覚えた――複《アン》数の解釈《ビギュアス》が可能だ。ある日、子供たちを楽しませようと、ベビーシッターは窓枠の上にスマホを立てておき、遊んでいる自分たちの動画を撮る。その動画は彼女のプロフィールページにアップロードされ、やがてほかの動画、ほかの写真に紛《まぎ》れて次第に忘れられていくだろう。だがちょうど四十九年後、彼女は〝過去のこの日〟の通知をタップし、すると一分七秒のあいだ彼女たちはそこにいるだろう。蝶《ちょう》のヘアクリップをつけた年上の女の子、ぽっちゃりしたピンクの頬をした年下の女の子、そして自分、ベビーシッター。においを嗅ぐために顎《あご》をそらし、音を聞くために耳元に手を当ててている。そのころには少女たちは中年になっていて、ベビーシッターは二人の年齢を計算するだろう。五十二歳と五十七歳。彼女自身は六十三歳だ。それでも動画の中では――つまり過去のそのとき――つまり現在――三人はみんなまだ子供だ。完成していない。試されていない。準備ができていない。

八十三　幽霊兄弟

二人の少年――一人は勇敢、一人は臆病《おくびょう》――が、血の誓いをして義兄弟になろうと決めたが、ナイフを掌《てのひら》に当てる段になると、勇敢な少年は躊躇《ちゅうちょ》せず、臆病な少年はしりごみしてしまった。「いいよ」と勇敢な少年は言った。「ほら。真似だけすればいい」と友人の掌に指先で架空の刃《やいば》を走らせ、その手をきつく握りしめた。二人はこんなふうに決めた――臆病な少年が流した血は架空の血というわけではなく、超自然の血、幽霊の血であり、従って、勇敢な少年は臆病な少年の義兄弟だが、臆病な少年は勇敢な少年の幽霊兄弟なのだ。その違いは、二人の考えではこうだった――義兄弟の絆《きずな》はその場で結ばれ、いつまでも続き、生涯断ち切ることはできない。一方、幽霊兄弟の絆は同じくらい強いが、時を経て結ばれることになる。その絆も断ち切れないが、あくまで死んだあとの話だ。「それでいい？」勇敢な少年が訊いた。「いいよ」と臆病な少年は答えた。二人は初老に近づくまでずっと友人同士だった。手術を受けても、結婚しても、子供ができても、転職しても、互いと交流する楽しみは変わらなかったが、ついに二人とも退職間際というとき、臆病な男は病気で命を落とした。幽霊になった――もっと重要なことに幽霊兄弟になった男は引き続き、勇敢な男への強い友情を感じていた。五十年以上のあいだ、勇敢な男は臆病な男を気遣い、いじめられたり不当な目に遭ったりしないように守ってくれた。いまやバトンは渡されたのだから、臆病な男は同じことをしてやろうと決めた。そのとき以来、肉体がないという厳しい制約の中で、幽霊は精一杯友人を守ろうとした——控えめな気質だったので決して出しゃばらず、それでも懸命になって。列に並んだ勇敢な男の前に割り込む者があれば、慇懃《いんぎん》なうめき声を浴びせた。病院の受付係が勇敢な男に大声をあげたときは、ささやかな冷気を送り込んでやった。一度、ホームセンターで掏摸《すり》が勇敢な男の財布を狙って近づいてきたとき、臆病な男はいかにも非難がましい溜息《ためいき》を洩《も》らし、おかげで掏摸は急に気が変わって材木の並ぶ通路をそそくさと去っていった。歳月が重なるにつれ、危険に対する幽霊の勘は研ぎ澄まされ、刃物のように鋭くなった。ある日、友人は郵便をとりにいって目眩《めまい》を覚え、両手を顔までの距離の三分の二上げたところで、ドライブウェイにうつ伏せに倒れた。死が目に見えて彼に忍び寄っていた。ドアと戸枠の隙間から煙がじわじわと入ってくるように。だが幽霊は叫んだ。「やめろ！」と。幽霊は叫んだ。「行っちまえ！」と。少しも恐れを知らない声だったので、死の霞《かすみ》は退《しりぞ》いていった。勇敢な男は用心しつつ立ち上がり、掌から血をぬぐった。臆病な男は友人の肩のそばに見えない姿で浮かんでいた。騎士の幽霊のように、王者の幽霊のように。自分がずっと求めていたが、長いこと持つには至らなかった勇敢さが、ついに手の届くところにあるのを感じていた。

八十四　第二の実話

あるロシアの哲学者はこう主張していた。人間は魂を持って生まれるのではなく、魂を努力して生み出さねばならないのだと。哲学者の推測では、それができない者は死ぬと同時に無に帰してしまうはずだった。彼の説は一部だけ正しかった。われわれは実際、自分の魂を持って生まれるのではない。めいめいが他人の魂を持って生まれてくるのだ。その魂はわれわれが守るべきものだが、持ち続けるべきものではない。やがて運がよければ、人生の中でまさに正しい相手と巡り合い、秘密の抽斗《ひきだし》のストッパーが外れて、すぐさま自分の魂を引き渡してもらえる——ただし、対等な交換の可能性（すなわち、われわれが世話してきた魂が、われわれの魂を世話してきた相手のものであるという可能性）は計り知れないほど小さい。たとえば、五歳そこそこのあの男の子——自宅の前庭にいて、大きくて感じのよい、うるんだ目のシープドッグの横に膝《ひざ》をついている。その牝犬《めすいぬ》が鼻からゆっくりと安らかな息を吐き、少したってからまた息を吐くのに男の子は耳を傾ける。犬は優しくて寂しげで、頭の後ろに浮かんだ雲みたいにまじめそうだ。この犬の体の中では、大きな洞穴《ほらあな》みたいに音が響いてるんだろうな、と男の子は考える——息を一つするごとに心臓が一回打つ音、心臓が一回打つごとに息を一つする音が。犬は男の子と同じサイズか、ひょっとすると少しだけ大きいかもしれない。確かなところはわからない。犬は人間のような姿をしていないからだ。だが一つだけ、男の子がはっきり知っていることがある。今日の午後、庭に現れたばかりで、名札もつけていないけれど、この犬と男の子はお互いのものなのだ。親友同士、まさにそれだ。犬が陽射しの中で耳を前後に揺らしながら駆けてきた瞬間、男の子にはそれがわかった。いま犬は、草の上に座って男の子のほうを見上げ、薄くあけた口からピンクの舌をスキーボールのチケットみたいに垂らしている（スキーボールはレーンに球を転がして跳ねさせ、穴に入れるアーケードゲーム。得点に応じてマシンから出てくるチケットを景品と交換する）。男の子は犬の毛に手を走らせる。毛は白と灰色でとても柔らかい、羽根ばたきみたいな毛だ。おうちから逃げ出したんだろうな、と男の子は思う。この犬を好きなのはぼくだけなんだ。パパもママもおバカで意地悪だから〝だめだよ。野良犬なんか。野良犬を家に入れるなんて許しません〟って言ってた。あした目が覚めたとき、この犬はまだここにいるだろうか——。心が痛むが、子供も犬も痛くないふりをする。だしぬけに男の子は、いままで感じたことがないほど奇妙なスカスカ感を覚える。もう何日もごはんを食べていないような感じだ。オレンジ色をした十月の夕方、六時ちょうど。少しのあいだ虫がカサカサ、ブンブンいうのが聞こえていたが、いまはチリチリと鳴いていて、その音があんまりうるさいので、空から光が押し出されていく。じきにパパとママが中に入りなさいと声をかけてくるだろう。パジャマを着てベッドに入っているはずの時間に、男の子は窓辺に近づき、木の下に立つ犬が額を上へ向けて無言で男の子を求めるのを見るだろう。しばらくすると犬は通りを静かに去っていく。新たに自分の魂を体に閉じ込めて。そして男の子は残りの子供時代に、次いで青春時代に、次いで人生に全力で駆け込んでいく——彼自身の魂を与えてくれる人を求めて。

八十五人生

レコードの針が飛ぶような空白があり、彼女は自分が死んだとわかった。家の中の様子はあいかわらずで、飾り一つ変わっていない。玄関にある貝殻を入れたガラス瓶から、しなびた黒いコンマ形の蠟燭《ろうそく》の芯にいたるまで。だが壁はいきなり通り抜けられるようになった。気がつくと壁を抜けて部屋から部屋へと音も立てずに飛び回っていた。キッチンでは夫が昼前から酒を注いでいて、バスルームでは十二歳の子がドアをあけたままおしっこしていて、階段では下の子がテニスボールを壁にはね返らせて遊んでいる。だれもこちらに気づいていない――まさにその状態。彼女はまた壁をすり抜けて主寝室に戻った。彼女の肉体がそこでじゅうたんの上に丸くなっている。四十三歳――おやまあ、短い一生だった！　子供のころの彼女は、風邪をひいたり熱が出たりするたびに自分は死ぬのだと思い、友人や両親や先生、知っている人みんなが棺《ひつぎ》のそばで悲しみに肩を落とすところを思い描いた。なぜかいつも、ベビーシッターがすすり泣く姿を想像すると、自分もようやく泣けてきたものだ。そういうセンチメンタルな気質は、今日までずっと変わっていなかった。あの人たち――夫や子供たちはどうするのかしら。わたし抜きでやっていけるのかしら。その強い気持ちがきっかけだったのだろう、そう自問するが早いか、彼女は家族のほうへと家の中を流されていった。家族の頭の中はもはや秘密ではないとわかった。考えを読むことが、はっきり読むことがで

きるのだ。こっちでは上の子がトイレの水を流し、ドアに手を伸ばしてびくっとしている。(ごめんよ。閉めるの忘れてた。「いったいどうしたの？ 世界中がそんなとこ見たがるとでも思ってるの？」まったく、母さんがいると、自分ちでものんびりできないな）そして下の息子はテニスボールを壁にパンパン投げつけていたが、足音らしきものを聞いて動きを止めた。(母さんかな。たぶん違うな。「ダスティン、それはもう、これっきりにしてくれない？ 何度言ったらわかるの？ ペンキに跡がつくでしょ？」ちぇっ。なんでいっつもペンキペンキって大騒ぎするのかな）そして夫は夜まで持ちこたえるためにアイリッシュウイスキーの瓶を傾けながら、(わかったよ、え？ 今度はどうしたって？ なあ、ローレン、きみは笑っててもがっかりしてるように見えるな。だれかにそう言われたことない？ オーケイ、待て待て。深呼吸しろ。心を広く持て。あいつだってきっと頑張ってるんだ)。少なくともその点について夫は間違っていなかった。彼女は頑張ってきた、本当に頑張ってきたのだ。だがいまやそれを告げるには遅すぎた。家族みんなが心の中で話しかけていた、注文の多い刺々《とげとげ》しい女、あれが自分だなどということがあるだろうか。いままでずっと、自分はいつか死を惜しまれると信じていた、愛されていると疑わなかった——。つまり何はなくとも、わたしの一生は学びの機会だったわけね、と彼女は思った。でも彼女は学びの機会などほしくなかった。人生がほしかったのだ。

八十六　非凡な才能

まるでそれが定めだというように、食料雑貨店で目を決然と前に向けてシリアルの棚の前を歩いてくるあの女、彼女は非凡な才能を持つ霊能者だ――バングルやカフタンを身につけて神秘的なパフォーマンスをするたぐいではなく、正真正銘の霊媒《れいばい》なのだ。実際に幽霊を目にして、親しく交わり、言葉を交わしている。その能力は母親から受け継いだものだ。母親の周りには過去の世代の幽霊たちが畑の綿花のようにおびただしく浮かんでいた。何年も前から二人は蠟燭を灯《とも》した家の客間に並んで座り、肉親を失った者や好奇心の強い者を集めて母娘による交霊会を催してきた。母親が亡くなり、娘が残されるときが来ると、二人とも、死が両方向に開くドアだと知っている者らしく自信たっぷりに別れた。最初、霊能者は母のベッドのそばに立って言った。「喉が渇いてるみたいね、母さん。もう一つ氷をとってくる」すると母親は言った。「もう何も見えない。ああ、おまえ、そのときが来たらしいよ」そこで霊能者はささやいた。「大丈夫。またすぐ会えるから」しまいに母親はうなずく力をかき集め、聞こえるか聞こえないかの声で〝そうだね〟と答えた。その直後、母親の耳の周りで枕が膨れ上がるように見え、魂がカタカタと体から抜け出してきた。霊能者はどうにか落ち着きを保って、震えずに母の頬に触れることができた。

それは美しい――完璧な――死だった。けれどその瞬間からずっと、母と娘は悩ましい思いをしてきた。というのも、霊能者が911と検死官に電話をしにいったとき、母親の幽霊もまったく偶然にそっちへ漂い始めたのだ。霊能者が郵便をとりに外に出たとき、母親の幽霊もふたたびまったく偶然に、娘と並んで敷石に沿って飛んでいった。その後、霊能者が美容院に行くために出かけると、母親の幽霊も寸分たがわぬルートを進んできた。この状況はきわめてばつが悪かった。すでに別れの言葉を交わしていたし、死の床での通常のエチケットによれば、それで区切りにするべきだったのだ。ところが二人は同じ方向に進むのをやめられなかった。霊能者がそっと母から離れようとするたびに、幽霊も同じことを思いつき、娘といっしょに向きを変えた。お互いに気がついていると認めないまま——手をふったり、会釈《えしやく》したり、二度目のさよならをもぐもぐ言ったりしないまま、時間がたてばたつほど、それを実行するのはますます難しくなるようだった。

その日以来、どこへ行くにも、非凡な才能を持った霊能者は母親の幽霊に付き添われている。しょっちゅう母親に話しかけそうになるが、気まずさが先に立って言葉が出てこない。食料雑貨店で彼女がエナジーバーの前にぴたりと立ち止まり、何か忘れたように回れ右したとしたら、それは悲しみや、変わった気質の表れではなく、次に来るもっと大きな死を期待して、心がよそにあることの表れなのだ。もっと大きな死の際には娘がこちらへ、母親があちらへ向かい、とうとう二人は別別の道を行くことができるだろう。

八十七　遺伝性疾患

男は幼いころから、できるだけ父親と違う人間になろうと決意していた。七歳にもならないうちにそう決めたのだ。父親は途方もない巨漢で、足音で家が揺れるほどだったので、男は――息子は――その反対になろうとした。最初のうち男の抵抗は目標に合ったおとなしいものだった。父親が騒々しいなら男は物静か、父親が社交的なら男はひっこみ思案《じあん》、父親が頑丈なら男は病弱。だが父親の支配力が弱まってくると、男は徐々に大胆になった。おまえの体は神の大聖堂だと父親はよく言っていた。そこで十八歳になった男は神の大聖堂にピアス穴をあけ、銀のカーブドバーベルを耳と眉と鼻中隔《びちゅうかく》と下唇につけた。〝一刻一刻を精一杯生きる〟が父親のモットーだったので、男は消費者調査会社の仕事につき、赤の他人の購買習慣というつまらないデータを調査票に記入していった。男は〝ブティックなんぞに行きたがる、典型的なやかまし屋〟と父親が見下す女性と結婚し、〝呆《あき》れるほどの放任主義〟と父親が見なす方針で二人の子供を育て、〝賢明にも〟持ち家に金を使うのではなく、〝愚かにも〟アパートを借りた。だが父親とは対照的なこの生き方は――徹底してはいたが――まだまだ生ぬるいような気がしたし、すみやかに達成できたわけでもなかった。最近男は、父親の髪の下にのぞくつやつやした頭皮に気がついた。老人はますます年をとっており、それを言うなら男も同様だった。この点で二人はまったく変わらなかった。だから男は年をとるのをやめることにした。その後数年間、男は若く健康なままだった。十年後の彼は、十年前と比べて少しも年をとっていなかった。それでもやはり――と男は気がついた――自分も父親も時間の中を連続して進み続けており、時々刻々、同じ直線を辿《たど》っているのだ。いやいや、これはいかん、間違ってる、と男は思った。そこでいささか骨は折れたが、一週間ばかりたつと、男は時間をシャッフルしながら生き始めた。ある瞬間にはキッチンの床にドミノを並べているやせっぽちの少年で、次の瞬間には驚くほど矍鑠《かくしゃく》とした七十五歳の老人、また次の瞬間には生まれて初めて煙草《たばこ》を吸っているハイスクール生。だがそれでも――父親は人生を連続して生き、男は不連続に生きていても――男にはまだ父親との共通点があった。生きているのだ。これはまったくけしからん、と男は思い、自分に命を吹き込む生気の元を手放した。最初は万事うまくいったようだった。男は幽霊であり、父親は間違いなく幽霊ではない。とはいえ依然気になる点があることは認めざるを得なかった。二人ともあくまで単一の存在なのだ。めいめいが――父親も息子も――自分自身であり、それ以外ではないのだ。そこで男は、だれか特定の人間であるかわりに、あらゆる人間になろうと決意した。しかしこの移行が完了するが早いか――男は実際、あらゆる人間（父親も含むことは否定できない）となり、父親は一人の人間にすぎなかったが――あることに気づいて不機嫌になった。二人とも存在という枠組みの中に、いまだ現れている、あるいはとどまっている――いまだ出現しているのだ。形を持つにしろ持たないにしろ、多数にしろ単数にしろ、男も父親も間違いなくそこにいるのだ。とるべき方法は明らかだった。男は存在するあらゆる人間から、存在しないあらゆるものへと変化を遂げた。とうとうこれ以上ないくらい父親とは違うものになれたと男は思った。宇宙がついにそれ自体、広大な非存在と化したら、父親も男を追って非存在の中へやってくるだろう。それまではこの状態でいるつもりだ。

八十八　空港のターミナルからの祈り

ある日、信仰心に乏しい若者が、自分にはなすべきことをする力がないと思い、あらゆる心の声に逆らって祈ることに――なるべく率直に祈ることに決めた。「おれの幸福を大事だと思ってくれる神様がそこにいるとしたら、正直おれはびっくりです。これがうまくいくと信じてるわけでもありません。だけどいま、できるだけまじめに祈ってます。たぶん、神様じゃなくて、耳を貸してもいいと思うほど、おれのことを考えてくれてるだれかに向かってしゃべってるんだと思います。おれは困ってます。困ってて、助けが要るんです。どうか助けてください」若者の祖父の幽霊はたまたま、多くの幽霊と同様、ときどき子孫の考えを盗み聞きするのを楽しんでいた。生きている者の考えにどういう特徴があるか、幽霊にはわかっていた――切れ切れの言葉、なかば形になった願い、つかのま色づいて震えたかと思うと色あせて消えていくちらちらした印象がでたらめに寄り集まっているのだ。だが折に触れ、子供の、孫の、ひ孫の一人が抱く思いにいっさい混じりけがなく、そのため混乱を貫いて浮かび上がってくることがある。それをひき起こすのは一つの曲。熱烈なキス。自動車事故。若者の祈りのきっかけはそのようなもの――自動車事故のようなものだった。幽霊にはっきり聞こえたというのは、それが――祈りが――必死だというしるしだった。「助けてください」若者はくり返した。「助けてください」その言葉の中に、あまりに多くの不安と痛みが詰め込

まれていたため、幽霊の同情心に火がついた。祈りにちゃんと応えることはできないが――幽霊とはそういうものだ――この幽霊は自分にできることをしてやった。〝おまえは大丈夫だ〟という強い思いを温かな風として世界に送り込んだのだ。するとたちまち孫は気分がよくなった。自分の行いが親切だったことを、幽霊は疑いもしないだろう。しかし賢明だったかどうかは、すぐに疑うことになる。というのも、孫の祈りに応えた瞬間、幽霊の苦労が真に始まったのだ。問題は若者が神を見出《みいだ》したと信じたことにあった。彼の中に祈りの力へのゆるぎない信頼が目覚めたのだ。一日に二回、十二回、五十回、ごくささいな障害や挫折《ざせつ》にぶつかるたびに、若者はほかのあらゆる思いを静めて、助力を請う祈りを唱えるようになった。〝神様、こうしてください〟〝神様、ああしてください〟と。「神様、このトラックの群れを追い越し車線からどけてください」「神様、子供たちがシャンプーを使い果たすのをやめさせてください」幽霊が孫の不安を鎮《しず》められるときもあれば、鎮められないときもあったが、祈りが無視されるたびに、若者は腹を立て、意固地《いこじ》になり、注意を惹こうとますます大声でわめき立てた。もうたくさんだ、と幽霊は思った。この果てしない悲しみはもうたくさんだ。果てしない痛みはもうたくさんだ。そこで一度、慰めのメッセージを送るかわりに、苛立《いらだ》ちのメッセージを送ってみた。〝ほっといてくれ〟と。ところがこれは事態を悪化させただけだった。ノイローゼじみた〝お許しください〟の祈りが延々と続くはめになったのだ。まさにそのとき、幽霊は罠《わな》にはまったと気がついた。想像してみてほしい――この先五、六十年のあいだ、だれかがあなたに、あなただけに、トラブルを解決してくれと頼り続けるのだ。幽霊は麻薬がヤク中患者に対して抱くような感情を味わっていた。

八十九　孵《ふ》化《か》

男は彼らに死んでほしいと心から願っているのではなかった——決してそういうわけではなかった——が、昔からの友人、同僚、さらには妻や息子たちを見るにつけ、彼らが抱く男のイメージは、習慣によって白カビが生え、誤解によってややこしくなっているようで、そのため彼らがいずれ死ぬと思うと慰められることが次第に多くなってきた。まもなく、もうまもなく、彼らは死んでしまい、自分はもはや彼らにこうだと決めつけられた人間でなくてもよくなるのだ。ところが死んだのは男のほうで——死因は木の枝だ——それはいっそう好ましかった。幽霊となった男はどんな窮屈さからも解放されていた。カットグラスに反射した光さながら風に乗って跳ねたければそれができた。オークと樺《かば》の森に生えている、あらゆる木のあらゆる葉のあらゆる毛細管の道筋を辿りたければそれができた。あるいはだれかのあとについていき、その相手だけに聞こえる単調な悲鳴（黒板の上でチョークが滑って発するキーキー音のような）をあげたければ——そう、それだってできた。男はだれにでもなれたし、何にでもなれた。銅像、一筋の霧、ふいに変化がゆっくりになる気温。そして男はどこにでもいられた。草の茂る野原、にぎやかな街角、駅構内のショッピングモール、ヒマラヤの尾根。死んで何年かたってから、男はまじめに人間にとり憑き始めた。たいていは夜中だが、ときには強い陽射しの中、生前にとっていた覚えのある姿になり、渦巻く靄《もや》に包まれて空中から出現した。男が訪れる家々の家族は、幽霊が悪意を持っているのか情け深いのか意見がまとまらなかった。「わたしが言ってるのはただ、幽霊は実際にはだれも傷つけてないってこと」「ああ、いまのところはね、だけどあの鏡を床に叩きつけたのは覚えてるだろ？」「それに何度も小火《ぼや》を起こしてる！　まったく、この家が焼け落ちてなくて幸いだよ」「うん、だけどあの夜、吹雪の最中にドアをあけてウィスカーズさんを入れてあげたのはだれ？　だれかがやったんだし、それはあなたたちのだれでもないでしょ」男は自分の矛盾した性格に誇りを持っていた。それは男がときどき身につける余分な手足や追加の顔――いくらでも好きな姿になれるという証拠――と同じだった。幽霊暮らしの真価はまさにその点にある――彼の満足感、彼の柔軟さ、柔軟さがただちに満足感をもたらすこと。これが本当に自分の死後の生であり、その喜びはあっさり溶けてなくなったりしないと男がついに納得したとき、産卵場所を求めるイエバエのように、彼らがやってきて男を見つけた――友人や家族の幽霊たちが。「あなたのその笑顔」彼らはまくし立てた。「そしてその目、とても考え深くて落ち着いてる。こんなに久しぶりなのに、あなたときたら――ちっとも変わっていない」彼らは男が行方不明だと思い込んでいた。何十年もそれを確信していた。だが運命がそうではないと示し、いまや彼らは二度と男から目を離さないと約束した。ずっと会いたかった、会いたくてたまらなかったと彼らは言った。なんという奇跡。まさに恩寵《おんちょう》だよ。

九十　左右対称

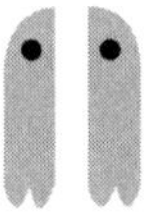

アリゲーターに体をがぶりと噛《か》まれて心臓がいきなり止まったとき、何か不運なことが起きて、男は同じ瞬間に二回命を落とした。そのため男の幽霊は二つに分かれていた。左側——耳がいいほう——は前半生の幽霊。右側——耳鳴りがするほう——は後半生の幽霊。男はしばらく、左右をねじり合わせて元に戻ろうと、床屋のポールの縞《しま》模様さながらぐるぐる回ったが、とうとうこの霧と影の広大な世界で、二度と一つには戻れないと納得するはめになった。左の幽霊と右の幽霊はさよならのあいさつを交わし、別れてそれぞれの運命を探しにいった。男の前半生は恋愛と貧困にまつわる数々の屈辱に満ちていたため、左の幽霊は落ち着きがなく不幸せだった。だが不満をいやす最良の方法は、仕事に没頭することだとまもなく気がついた。とり憑きに従事する幽霊はみな、それぞれの専門分野を持っている。左の幽霊がとり憑くのは裕福な人間、恋に夢中の人間だった。理想を言うなら、あふれるほどの金と愛情を楽しんでいる若いカップル。そういう連中が泊まっているホテルのスイートルームで、巨大な鏡からゆっくりと横向きに出ていくという技を幽霊は身につけた。鏡像にぴったりくっついて停止すれば、不注意な目には完全な形の人体が半分は壁の中、半分は外にいるように見える。これだけでも十分おぞましいが、幽霊が対称を崩して無気味な体腔《たいくう》をあらわにすると——腹のなめらかな袋、脳という脂肪の迷宮——犠牲者から往々にしてすさまじい反

応を引き出すことができた。彼らの悲鳴が不安から純然たる恐怖へと階段を上る様子に幽霊は活気づいた。一方、男の後半生はエバーグレイズ（フロリダ州南部の湿地）でのあの運命の瞬間にいたるまで、気楽で、安全で、友人にも恵まれていた。だから右の幽霊は驚くほど満足していた。彼もまた生きた人間の元を訪れるのが好きだったが、彼が行うとり憑きは仕事というより娯楽であり、優しい桃色の夕暮れに二、三時間静かに現れるだけだった。彼は二番目の妻とのハネムーンで泊まったベッド・アンド・ブレックファストの常連客になった。毎日の午後、虫が歌い始めるころ、現世との境界を越え、ダマスク柄の壁の後ろから現れて、ポプリと蠟燭の香りの中でリラックスする。ほどなく彼の評判が広まっていった。大胆な恋人たちが宿の最上階にある南向きの大部屋を予約し、〝歓迎してくれる精霊〟を一目見ようとした。恋人たちは毛布にぬくぬくとくるまって日没を待った。日没にはソファの周りの空間が、焚《た》き火の上の空気のように波打って広がり、エロチックながら妙に気持ちの安らぐ快《こころよ》いぬくもりが恋人たちに押し寄せてきた。ある夜、新たな標的を求めていた左の幽霊が、たまたまこのベッド・アンド・ブレックファストにやってきた。自分の半身を見かけた幽霊は、それがだれだかわかって呼びかけたが、右の幽霊に聞こえているのは、ジンジンという耳鳴りだけで、それは死んだ日と変わらぬほど強く大きな、果てしない響きで世界を満たしていた。

幽霊と言葉と数

九十一　インコ

さほど遠くない昔、三羽のインコを飼っている男がいた。一羽目は宝石のような緑と黄色でめかし込み、二羽目は額の青が徐々に胸の乳白色がかった紫に変わり、三羽目はアルビノで腹がビーズクッションのようにふっくらしていた。日ごと夜明けから日没まで、淡色の木材とアーチ窓でできたサンルームにインコたちのおしゃべりの声が響いていた。その部屋は、サンルームは、家の中でいちばん落ち着く場所だったが、一つだけ奇妙な欠点があった。奥の壁ぎわに、だいたい水タンクくらいの大きさのひどく肌寒い一角があるのだ。これはどういうことだろうと男は思っていた——真夏の午後三時半、シャツが汗で背中にはりつく時分にも、ソファの後ろ、サイドボードのすぐ左側を通ると決まって、驚くほどの冷気を感じるとは。たまに部屋を出入りするとき、男は低温のスポットを出る前にしばし立ち止まって、感覚が混乱するのを味わった。体の三分の二は暖かく快適なのに、片腕や片脚、足の一部や肩のラインを冷気が切りとっている。ある日、部屋の硬材部分を磨いていたとき、男は床の一箇所をきれいにしようと、鳥籠《とりかご》をひんやりした一角に動かした。鳥たちは静寂に包まれ、羽根をたたんだ。疲れのせいか、単にうわの空だったのか、男は籠を片隅の定位置に戻さなかった。翌朝戻ってきたときには、止まり木も金網も緑青《ろくしょう》色の霜《しも》に覆われていた。近づいていくとインコたちは緊張した姿勢になった。男はそれまで、どんなに頑張っても、インコたちに二、三の基本単語――〝ゴハン〟〝マダヨ〟〝カワイイネ〟〝オヤスミ〟――以外の言葉を教えることができなかった。ところがこのとき、エアコンが切れなかったら聞こえなかったほど小さな声で一羽目のインコがつぶやいた。「ここはどこなんだろう」二羽目が言った。「おれはもう一度、チャンスをもらってもいいはずだ」そしてアルビノのインコも言った。「ここの風は強すぎるし、決してやまない」男はうなじに息を吐きかけられたような気分だった。腋《わき》の下から沼のようなにおいが漂ってくる。いままでずっと、謎に――解けない謎にも――とり組むのは好きだったが、目の前にあるのは謎に次ぐ謎だった。男は籠を元の位置に戻せと自分に言い聞かせた。（やれ。やるんだ）ところが銅線の冷たさは指の骨まで染みてきた。男はひるんだ。後ずさった。何も考えず、いままで何度もそう訊いてきたから口にした――「かわいい鳥さんはだれかな」。インコたちはたじろぐほどまっすぐに見つめてきた。「だれかいるのか？　もっと大きな声で話してもらえないか？　ここから出してくれ。もっと近くへ。もう少しで聞こえそうだ。もっと近くへ。もっと近くへ。出してくれ」鳥籠の金網の隙間は夜明けの草のような緑と黄色、残照の最後の一はけのような青と菫《すみれ》色、空にピン留めされた太陽のようにふくよかな白でいっぱいで――やがて男が掛け金に手を伸ばすと、暗闇が押し寄せてきた。

九十二　婉曲《えんきょく》表現

これからお話しする村は、蔓《つる》を垂らした木々に覆われて起伏する山に隣接しており、そこではあらゆることが別の事柄を指す婉曲表現だった。村人たちは笑ったり泣いたりしたが、本心は別のところにあった。恋に落ち、恋から冷めたが、本心は別のところにあった。ジョークを言い、医者に診てもらい、誕生日を祝い、結婚式や出産前のパーティ《ベビーシャワー》に参加し、二日酔いになって目覚め、近所の人と噂話をし、雨が網戸に当たるのをながめ、そのあと陽光が四角い網目でキノ（参加者が升目に書かれた数の中からいくつかを選び、抽選で決定した数とどれだけ一致しているかによって配当が得られる賭博）をするのをながめたが、どんな言動だろうと、意味するのはまったく別のことだった。回りくどさや上品語が幅をきかせるそんな場所では、とても暮らすことなどできないのでは、人生は謎と暗号の解きがたい絡まりと化すのでは、と思うかもしれない。ところが実際のところ、村人たちは互いを完璧に理解していた。というのも、村人たちが認める気になれないのは、百万のさまざまな事柄ではなく、ただ一つの燃えるような事柄、昼間の太陽のように彼らに光を投げかける、一つきりの基本的な概念だったのだ。頬への軽いキスは頬への軽いキスを意味し、物理の授業は物理の授業を意味し、野菜畑から雑草を抜いている人は野菜畑から雑草を抜いている人を意味するかのように彼らはふるまっているが、実際のところ、もっとよく事情をわきまえている。なにしろキスも授業も畑仕事も、すべてが一つの過酷な真実を隠蔽《いんぺい》しているのだから。その真実は広く理解されているが、あらゆる舌の先で揺れており、口にされないどころか、口にできないままだった。ごくまれに、だれかがそのことを率直に話そうとすると、たちまち反応が返ってきた。周りの者がピリピリした嫌悪の視線をそっとよこし、目の周りの筋肉を――ほんの少しだけ――ぴくぴくさせる。まるでひどい痛みに襲われながら威厳を保とうとしているかのように。だが心配する必要などなかった。内なる防御機構がどんなときも素早く働いて、そうした粗忽者《そこつ》をいつもの穏やかな代用語へと導いてくれる。あたかもすべての言葉は一つの、たった一つの意味しか持たず、その意味は明白すぎて問題にするまでもない、というようなしゃべり方へ。ごく注意深く観察しなければ、彼らのやりとりの背後にある緊張はわからないだろう。ときたま村人たちが「このところどんな具合だね」とか、「仕事はうまくいってるかい？」とか尋ねようとして、軽く口ごもることがあった。ときたま村人たちの笑顔は、透明な糸で縫われて引きつっているように見えることがあった。折に触れ、村人たちがまるで、すでに過ぎ去った人生を後悔の目でふり返っているように見えることがあった。存在には二つの種類がある。彼らのはもう一つのほうだった。

九十三　およそ八十グラム

かつてはおしゃれだったが、いまでは見捨てられた町の一角に、幽霊が出没することで有名な中華料理店があった。多くの幽霊と同じように、彼女も感情の起伏が激しく、ひねくれた性格で、恋に悩みがちだった。生前の彼女は店の女主人と料理長の娘で、店の上の住《すま》いで男に捨てられたことを嘆きながら短い一生を送った。よく悲しげな小動物めいた声を立て、それが床を通ってテーブルや竹の衝立《ついたて》に降り注ぎ、水槽の水音の中でも聞こえてきたものだ。そのころ、娘の苦悩、娘の芝居くささは母親と父親にとって悩みの種だった。まったく反抗的。まったくアメリカ風。そしていま、同じくらい悩ましいことに、娘は死後の生を店の中で過ごし、十五歳から四十歳までのあらゆるハンサムな客に言い寄っていた。誘いをかけるために、よくフォーチュンクッキーの占いを恋の告白にすり換えた。男がたとえば「偶然の出会いが成功への新たな扉を開きます」などという言葉を期待してクッキーを割ると、かわりに白い紙に青い活字でこんなことが書いてある。「あなたの笑い声を聞くと、風に吹き抜けられた草みたいな気持ちになるの」「もう消えてしまったと思ってるかもしれないけど、あなたの目の中の炎がわたしには見える」「その日焼けしたたくましい腕で、いつわたしを抱き締めてくれるの」もっとひどいことに——と両親は思っていた——幽霊の言葉は次第に、愛情のこもった詩的なものから、辛辣《しんらつ》で、せっかちで、傷つき、不機嫌で、嫉妬《しっと》深いものに

変わっていった。「愛してないなら、どうしてそんなふりをするの」と幽霊は書いた。あるいは「あなたの彼女――目移りしてる」だの、「早く心を決めて。いつまでも待てないから」だの。

幽霊が出没するだけでなく、店を脅《おびや》かし始めた時期がいつだったかは、常連客のあいだで議論の的になっていた。だが、トランクルームの裏の雑草だらけのグラウンドでちびっこサッカーのコーチをしている男に幽霊が恋をしてからは、もう後戻りすることはなかったと、みんなの意見が一致した。週に二回、練習のあと、だいたい六時ごろに、その男はガールフレンドを連れて店を訪れ、スパイシー塩胡椒《しおこしょう》味の揚げ豆腐を注文した。「あなたの服の中にいっしょに潜り込みたい」占いにはいつもそう書いてあった。あるいは、「わたしの舌で、あなたの汗のジンジャーを味わいたい」と。男はこうしたメッセージの露骨な誘惑が面白いと、むしろ少しスリリングだと思っており、それについてはガールフレンドも同意見だった。〝アホみたい〟というのが彼女の言葉だった。だが彼女にとって店での食事はたちまち、ちょっとした不運の連続になった。シラチャソースがどうしても瓶から出てこないかと思えば、一気にどっと出てくる。コップが倒れてブラウスに水がかかる。テーブルに来た料理は熱すぎてパチパチいっているのに、スープだけは半解けの雪のように冷たい。そして男のクッキーの占いは徐々に侮辱的になっていった。「彼女は完璧じゃない、完璧に見えるだけ」「彼女はあなたにふさわしくない」「彼女の体が心と同じくらい壊れてたら、あなたも嫌いになるはず」「ほら。見て。見せてあげる」二人が店で食事した最後の夜、勘定書きが来た直後に、ガールフレンドは席を立ってトイレに向かった。一分もしないうちに彼女の悲鳴が聞こえてきた。最初、男は電車のブレーキ音かと思った。そのくらい甲高《かんだか》く耳障りな声だった。すでにクッキーの包みはむいていたが、割る気にはなれなかった。クッキーは重すぎたのだ。

九十四　幽霊文字

合衆国言語学大臣は四月に記者会見を開き、二十七番目の文字が見つかったと発表した。数世紀前に死亡しており、遅くともセルバンテスの時代からアルファベットにとり憑《つ》いていたのだと。大臣によれば、かつてその文字はｋとｌのあいだに位置していた。形も音も歴史の中で失われてしまったが、母音《ぼいん》ではなく子音《しいん》であったと考えられる。現在のその文字の意図が——確認されてはいないが——有害な、または無気味なものであるという証拠は存在しない。出席したジャーナリストの一人はそれを〝幽霊文字〟と呼んだ。「この幽霊文字について大統領はどのような見解をお持ちですか」などと質問し、その呼び名はあっというまに大衆の想像力をつかんだ。数日もたたないうちに、どの単語が幽霊文字を含み、どれが含まないのか、それを含む単語は当局の考えとは裏腹に悪意のオーラを発していないのか、解明しようとする努力が始まった。とはいえ、はっきりした結果が出たわけではなかった。その文字を含む単語は含まない単語より少ない——はるかに少ない——が、同じことはａやｅをはじめとするあらゆる文字について言える。その文字をどこか見えないところに隠し持つ単語には、waistband（ウェストバンド）、learning（学習）、potato（ジャガイモ）、glandular（腺《せん》の）、ask（尋ねる）、inadvertent（迂闊《うかつ》な）、noggin（少量）といった例がある。ひょっとするとここに挙げた単語には、何か共通要素があるのかもしれないが、だとしてもそれはつ

かみどころがない。しかも次のような同義語はどう考えればいいのだろう。ruddy（赤らんだ）は幽霊文字を内包し、reddish（赤みがかった）は内包しない。stripe（ストライプ）は内包し、striping（縞《しま》模様）は内包しない。record（記録）は内包し、record（記録する）は内包しないという例まである。ここ百年の大作家について分析すると、驚くほど多数が幽霊文字を使用する傾向にあり、あたかも直感に導かれたかのように、とり憑かれた単語の紛《まぎ》れもない受難《ゴルゴタ》の地を著作によって作り出している。だが人々がいまや彼らの作風と考える来世的な性質が、本物なのか幻想にすぎないかは判然としない。いかなる力によって、彼らの作品は神秘的なほうへ舵《かじ》を切ったのか――そこが問題なのだ。学生作家たちは、巨匠が使ったのと同じ幽霊単語を原稿に埋め込むようになった。それらの語を適切にちりばめれば、己《おのれ》の散文にも偉大な輝きが宿るのではと期待しているのだ。その一方、伝道者や保守的な政治家は、説教やスピーチに含まれるそれらの単語をチェックし、そぎ落としていった。ある者にとって二十七番目の文字は奇跡についてささやき、ある者にとっては恐怖についてささやいた。大勢が無念に思っていたのは、それがどうやって死んだのか――暴力を受けてか安らかにか、だれも知らないということだ。必要なのはどう見ても――遺体が残っていないから不可能なのだが――検死解剖だった。解剖を行えば、文字が老衰で亡くなったのか、殺害されたのか確認できるかもしれない。仮に殺害されたのだとしたら、下手人《げしゅにん》は何者だろう。そして次はどの文字が狙われるのだろう。

九十五　言語学の問題

午前中ずっと既視感が迫ってきていたが、男がようやくそれを受け入れるのは、ホテルのロビーで激しい雷雨が過ぎるのを待っているときだ。いま座っているこのカウチ――間違いなく以前にも座ったことがある。ズボンの尻の下になっている張地《はりじ》のボタン、クルミの殻みたいに硬くて膨らんでいる――この状態を俗に〝浣腸《かんちょう》〟と言うはずだ。以前にもこのボタンに〝浣腸〟されたことがある。天窓に当たる大きな雨粒の一つ一つが床にアメーバめいた影を作っていて、いびつな円形の小さな幽霊が震えながらパラパラと現れては消えていく。男はその影が顕微鏡のスライドガラスの下に固定され、自分もいっしょにたいらになっているのだと想像する。以前にもこの雨音を聞いたことがある。以前にもその顕微鏡のガラスの下にいる自分を思い浮かべたことがある。既視感とともに奇妙な締めつけ感が訪れる。まるで肉体ではなく知性のこむら返り――脳のこむら返りだ。男は何かに失望しており、その何かとは言語だと気がつく。ホテルのロビーにいる男はたまたま、いくらか業績を上げた言語学者だ。『記号論』と『メタ言語学』の編集委員であり、『動詞研究』の創刊者にして編集者でもある。男はキャリアを言葉に、その体系とシステムに捧《ささ》げてきた。それでも男は――この瞬間／いままでずっと――言語に幻滅している／してきた。そう、言語が目もくらむスペクタクルなのは否定できない、彼自身、何度もそう述べてきた。だが言語は実体験の柔軟さを欠いている。ごくありふれた散文も構文木《こうぶんぎ》の偉大な連なりであり、パンフレットや組み立て説明書、店のチラシや期末レポートの中で花火のように燃え上がっている――が、だからどうだと言うのだ。わたしのこの既視感を――いまこの身に起きているすべては以前にも起きた、そして完了したという確信を――伝えられる動詞の時制はどこにある。言うなれば、現在超完了時制。男はそういう時制を作ろうと、いまここで、初めてだが何度目かの決意をする。現在形単数から手をつけて、難点をとり除き、複数、過去形、未来形へと進んでいく。自国語にその時制を導入することを職業的使命とするのだ。学会では名を知られ、ラジオにもよく出演し、職務経歴書にはいままでに得た助成金や勤務先がずらりと記してあるが、男が何より求めているのは、己の研究分野に真にクリエイティブな貢献をすることだ。男は言語を変えたい、より良くしたいのだ。分析ではない、紋章学的な分類整理でもない、発明がしたいのだ。いつかどんな人も、人生を思い出すように生きることについて、ごく無頓着《むとんちやく》に語れるようになるだろう。そして世界中の言語学者がいまこの瞬間を称揚するだろう。彼がカウチに座ってアスファルトの上で弾《はじ》ける雨の音を聞き、ずっといま察してきたばかりの問題について、はっきり理解し始めた瞬間を。

九十六　夕暮れとほかの物語

念動力を使わないと意思伝達できないと気づいたとき、騒霊《ポルターガイスト》はしばらく屈辱を味わった。彼は雄弁で教養のある男で、それまでずっと気のきいた会話を何より楽しみにしていたのだ。ところがいまはどうだ、照明や蛇口《じゃぐち》をいじくるしか能がない。面目丸潰れだ！　それから数十年、騒霊は家の中でペンキのように静かに横たわっていた。一年に一、二度、絨毯《じゅうたん》の中を流れ、繊維が揺れるのを感じて、まだ自分は存在していると安心したが、それ以外のときは沈黙を守っていた。鍵を隠したり、陶磁器を投げたりといったくだらない手段に頼るくらいなら、静かにしていたほうがましだと思ったのだ。だがやがて、出版業から引退したばかりの寡夫《かふ》が家を買いとり、一万冊の蔵書を壁にびっしり並べたので、騒霊はチャンスだと気がついた。ある日の午後、寡夫が肘掛《ひじか》け椅子に座っていたとき、騒霊は手近な書棚から一冊の本をわずかに引き出した。『話を聞いて』というタイトルだ。寡夫は椅子の上で軽く身じろぎして立ち上がり、本を両方の親指で注意深く押し込んで棚にきちんと戻した。騒霊はふたたび本を引き出した――『話を聞いて』。二段下の棚から、二冊目の本を選んだ――『わたしを見て』。となりにあったのは『家の精霊』という小説だったので、ついでにそれもひっぱり出した。こうして二人の会話は始まり、本という媒体を使って発展していった。特定の本の角《かど》は、何度も使われて徐々に柔らかくなっていった。騒霊は寡夫の書斎を調べ、あらゆるタイトルを頭に入れたので、やがてそれぞれの位置が星図上の星のように輝き出した。『日暮れのあと』を使って寡夫におやすみを言うのも、『大地からのあいさつ』を使っておはようを言うのも彼にはたやすかった。さらに彼は、もっと複雑なことや、もっと含みのあることを言いたいとき、タイトルをつなぎ合わせるのも巧みだった。ＳＦの蔵書の近くにあるフィロデンドロンが茶色くなってきたと寡夫が気がつくと、騒霊は『陽射しのまばゆさ』だと助言した。『ひと夏の』『内死』（ロバート・シルヴァーバーグ著。登場するタイトルはすべて実在する書籍のもの）と。寡夫が髪をなでつけながら、禿《は》げた箇所にぶつぶつ言うと、騒霊は『少年は消された』と答え、立ててあった別の本をからかうように傾けた――『大惨事』。「わたしを看取《みと》ってくれる人がいるといいんだが」と寡夫は言った。「つまり、きみ以外にね。気を悪くしないでくれ」『寛容なる心』「娘とか、息子とか、ペットでもいい」『動物と子供』「おっと、わたしはまた自分のことばかり考えているな。きみはどうだい。けさはどんな具合だね」『すべての昼と夜』『われらはあらゆるものを偲《しの》ぶ』「そうなのかい？」と寡夫は言った。「そうか、お気の毒に」ある夏、友情が始まって五年ほどたったとき、寡夫は体のそれまで柔らかかった箇所にしこりがあるのに気がついた。やがて診断が下りると、不安なのだと寡夫は打ち明けた。騒霊は家の中をぶらつく寡夫についていった。死にかけている者は幽霊の慰めを求めたりしないが、寡夫が書斎で立ち止まって一息つくと、騒霊は話しかけた。『この世を離れて』（ラッセル・バンクス著）、『幽霊たちの再会』と。玄関のそばで騒霊は続けた。『生きる身の為《な》すこと』、『山のあちら側』、そして『副作用としての死』。キッチンの横の片隅で、騒霊は寡夫に言い聞かせた。『あなたを慰めもせず見捨てたりしない』そして客間では、ことさら力強く本をひっぱり出して言った。『暗闇を引きずり下ろせ』と。

九十七　電話

二人はお互いを選んだというより、近くにいたから友達になった。少女はもうじき九歳、お転婆《てんば》でおしゃべりだと自称していた。少年は十歳半、優しい口調の本の虫で、夢見がちな気質のため日がなぼんやりしていた。お互いの寝室の窓が金網フェンスと古いスチールのエアコン室外機を挟んで向かい合っていたので、夜になると――雨の日もたまに――二人の暮しはおよそ八フィートの距離で隣り合って営まれた。これだけで友達になるには十分だった。加えて、同じブロックに子供がほとんどいないため――二人を除いたら、道の向かいのメゾネットにソーセージみたいな赤ん坊が一人いるだけだ――親友と呼んでいいほどの仲になった。二人はヨーグルトのカップとタコ糸で電話を作った。間に合わせの道具だがびっくりするほど役に立った。ベッドに入ったあと、眠りに落ちる前の二十分ばかり、よく糸を通じてぼんやりとおしゃべりをした――というか、少女がしゃべり、少年はたまに〝うん〟とか〝ふーん〟とか相槌《あいづち》を打って先を促した。やがて必ず、二つのうちどちらかの流れになった。少年が眠りに落ちて少女がしばらくしゃべり続け、しまいに〝もしもし?〟と何度か呼びかけて大きなあくびをする。あるいは少女が眠りに落ち、少年が上掛けの下で急に身を固くする――何も言わず、ぴくりともしないでいると、神経を集中しているせいで体がちくちく痛み出す。そして少年は、闇の中で自分の筋肉の網に囚《とら》われて横たわりながら、幽霊の声に

聞き耳を立てる。それは、その声は、ものうげで重々しく、ほとんど感情を表さず、少女の声とは似ても似つかなかった。それが幽霊の声だというのは少年の憶測にすぎなかった。なにしろ少年が質問をしたところで、声は決して答えをよこさず、ただ沈黙の中へ退いていき、戻ってくるとしても何分もたってから、ためらいがちにぽつぽつとつぶやくだけなのだ。その声が一音ずつ頭蓋骨の壁にぶつかってくるのが少年には感じられた。水がシロップなみにとろっとしている、どこかの惑星の海の波のようだった。〝おーまーえーのーおーとーはーどーこーかーらーくーる〟〝わーたーしーのーなーかーのーくーうーきーはーしーおーのーよーう〟ある夜、怖かったけれど心配になり、少年は勇気を奮い起こして窓に近づき、二軒の家の隙間の先をのぞき込んだ。少女はカーテンを引いていなかった。お気に入りの仔犬柄のシーツの下で、茶色い髪を一房《ひとふさ》口にくわえて眠っている。いつものおもちゃ箱、いつもの本棚、いつものドレッサーがあるいつもの部屋にいて、まったく心配いらない状態だ。糸電話の先のカップは枕と肩のあいだの小さな谷間に転がっている。だれも使っていないことは一目でわかった。それでも幽霊は耳にささやき続けている。〝そーこーにーいーるーのーかー〟〝こーおーりーのーなーかーにーすーずーがーあーる〟〝そーのーおーとーはーやーけーにーうーるーさーいーしーおーまーえーはーあーまーりーにーしーずーかーだ〟いまから何年も先に、大人になった少年はこう信じるようになる――あのときは退屈だか、異様な空想だかが極まって、夢の中の声が実際に聞こえてくると思ったのだと。だが、このとき窓辺に立っている少年は、これが現実だと疑いもしなかった。幽霊もまた友人なのだと少年は思っていた。近くにいるからではなく、死後の境遇の変化によって友人になり、果てしなく長いタコ糸と、超自然のヨーグルトカップによって彼と結びついているのだ。

九十八　数

六十億四千四十一。六十億四千四十二。六十億四千四十三。数が聞こえ始めたのは、少年がまだ揺りかごにいるころで、幼すぎるためそれが何なのか認識することはできなかった。少年の耳には、それもまた世界が生み出す多くの音の一つにすぎなかった。ぶつぶつと数を数える、ぎりぎり聞こえるくらいの声が、時とともに訪れては去っていく。鳥や虫の出会いのあいさつ、あるいは風に吹かれて木がたわむ音のようなもの。自然はキーキーきしみ、自然はさやさやいい、自然はチュンチュン鳴き、自然は数を数える。それは事実であり、ほかの事実と同じくらいありふれていた。小学校の課程を半分終えたころ、学習帳で掛けたり割ったりしている数は、夜眠るのを助けてくれる数とよく似ていると気がついた。少年は馬鹿ではなかった——少なくとも自分が馬鹿だとは思っていなかった——が、そのときまで、この二つの類似には思い至らなかった。最初から聞こえた数——少年が世界の数と考えているもの——はあたりまえすぎたのだ。生まれてからずっと、背景にそれがあるのを意識してきた。ささやくような響き、停まっては始まり、また停まる様子。それはしばらく続けて進行し、そっと退《しりぞ》くように中断する。少したつとまた始まるが、連続する数の中の、それまでとは違う一点から——ずっと後ろからか、ずっと前からと決まっている。五十億より上から五千より下に急降下し、また五十億より上に戻るのだ。それがだれにでも聞こえるわけではないとわかったのは、大学に進んでからだった。ある日、青年は寮の食堂で、数がすみやかに百万に近づいていくのに気がついた。九十九万九千九百九十四、九十九万九千九百九十五。彼はシッと言って友人たちを黙らせた。「ちょっと待って、用意はいい?」そして数秒後に指をさっと動かした。だが友人たちの表情はドアのように平板《へいばん》で、それを見た彼は、数を数える声がだれにも聞こえていないと理解した。自分だけが季節の移り変わりを意識していると気づくようなものだ。百万六。百万七。百万八。もっと年をとると、数を数えているのは毎回違う声だとわかってきた――たった一つの独白がとぎれとぎれに聞こえるのではなく、さまざまな独白の途中の部分だけが聞こえてくるのだ。それぞれの声に個性があり、それぞれの個性が独自の数を持っている。ひょっとすると、いろいろな人の生涯の歩数の勘定が聞こえているのかもしれない。細胞が背景で奇妙な計算をしているのかもしれない。可能性はたくさんありすぎた。死ぬまでには謎が解けるだろうと男は常に思っていた。やがて彼は死んだが、最初のうち謎は解けていなかった。気がつくと幽霊がひしめく広大な風景の中に立っており、どちらを向いても、いろいろな時代の幽霊が連なっていた。彼らは、幽霊は、柱のように固まった姿勢のまま、ちょうど事切れた場所に立ち尽くしている。歯の隙間から何かもごもごとつぶやくのが聞こえた。自分はどうすればいいんだろう、と彼は思った。これはどういうことなんだろう。質問をしようと思ったとき、唇が動き始め、自分が永遠の立ち位置に固定されたまま、静かに義務を果たし始めるのがわかった。一。二。三。四。

九十九　人口調査

神聖なる人口調査の日、例によって世界の動きを止めて頭数を数えたとき、神は空想上の存在のほうが現実の存在より数が多いと知って不安を抱いた。いままでは常に、両者の合計はぴったり同じだったのだ。現実の魂に対し架空の魂、整数に対し整数。エルフ、幽霊、イエティ、ドッペルゲンガー、人魚、フェアリー、四大精霊どれか一名につき、血と肉を備えた人間が一人存在し、血と肉を備えた人間一人につき、エルフ、幽霊、イエティなどなどが一名存在した。これこそ世界をまとめ上げている隠された等式であり、アダム（現実）とイブ（現実）とサタン（空想）とリリス（まさにその理由でデーモン、すなわち空想上の存在たることを余儀なくされた）の時代にまでさかのぼるのだ。バランスが一方に傾くと、万物は雨粒のように溶けていってしまうと神は知っていた。率直に言って、まだそうなっていないのが驚きだった。念には念を入れるべきだと思い、神は二度目の計数を行った。数の不一致はあいかわらず明らかだった。こと人口調査となると、とるに足らない不一致などというものは存在しない――常に、絶対的に、1イコール1なのだ。それでも、木の精五、六人、グレムリン一、二人程度の違いなら、神も納得できたかもしれない。ところが今回、数はとんでもなくかけ離れていた。何百どころか何十万も違っていたのだ。どう見ても何か手を打たねばならない。そこで神は、人間が抱きがちなイメージに合わせて、時計職人さながら世界のからくりにちょっとした調整を加え始めた。あちこちの部品をひねって、現実の存在を架空の存在に、架空の存在を現実の存在に変えていくのだ。まずは幽霊を生き返らせるところから始めたが、するとと存在の天秤《てんびん》がかなり物質のほうに傾いてしまった。そこで生者を何人か幽霊に戻した——最初はオマルという名前の者たちを。次いで、合計数がまだ一致しないのでサリーという名前の者たちを。新たにひねりを加えるごとに数を数え直し、人々が人間としての輪郭をとり戻したり失ったりするのを天界から見下ろした。だが、こうやって幽霊だけいじっていても埒《らち》が明かない——そう判断した神は、天使、巨人、トロール、大司教、子役スター、森のノーム、三十六歳から三十七歳までのコモディティ・トレーダーに手をつけた。目に見える者は薄れて消え、空想上の存在は形をとって現れた。とうとう両者の数はほぼ等しくなり、現実の存在のほうが二人多いだけになった。解決方法は明らかだ。神は穏やかに意思の力をふるい、彼自身を現実の存在から空想上の存在に作り変えた。たちどころに、そしてそれ以降ずっと、世界は独立して、本来の形で、なりゆき任せに進んでいくようになった——すなわち、神の存在抜きで。神学者の大半はこの行いを、これまでもっともあっぱれな神の御業《みわざ》と考えている。

百　かつて書かれた中でもっとも恐ろしい幽霊譚《たん》

かつて書かれた中でもっとも恐ろしい幽霊譚は、十九世紀なかばにヒマラヤ山脈のマイナーな局地方言でしたためられた。それが英語圏に紹介されたのは一八九八年、カナダ人宣教師が二十年ほど前に託されたその物語を翻訳し、『ナンチー・ジャンの貪欲《どんよく》な仮面』というタイトルで〈L・C・ページ&カンパニー〉から出版したときだった。宣教師はあとがきでこう記している。この手《しゅ》稿《こう》が生まれた石と杉の村は、かつて約三百人の村人が居住し、文章を書けるくらい学のある者が十人余りもいたが、二度目の訪問を試みた一八九五年には廃村になっており、家々は小石と泥に呑み込まれていたと。当初、その本の売れ行きはさほどふるわなかった。だが一九三七年にルイーゼ・ライナーとフレドリック・マーチ主演で映画化され、「山の幽霊」というタイトルで封切られたことで、息の長いカルト的な名声を獲得した。それ以来絶版になったことはなく、六通りのタイトル、六種の別々ながら無気味に一致した翻訳で、六つの違う版元から出版されている。本の著作権が切れた一九六〇年には、そのおどろおどろしい文体が、カビくさいとは言わずとも時代がかっていると見なされており、〈ファラー、ストラウス&カダヒー〉社の編集者は新訳を依頼した。その作業を引き受けた大学教授は、宣教師版を参照するのを断り、原語の手稿の直接複写写真《フォトスタット》を元に翻訳を行った。その結果にだれより驚いたのは自分自身だと教授は断言した。あらゆる文、あらゆる段落が、最初の翻訳とまったく同じになったのだ。あり得ないことに思えたが、鳴り物入りで発行された新訳版は、旧訳版と区別がつかず、タイトルだけが異なっていた。『ナンチー・ジャンの貪欲な仮面』だったタイトルはいまや、編集者の決断により『やもめのチューと夜半のささやき』となった。それ以後、さらに五つの翻訳が続き、それぞれが既訳にいっさい頼らずに行われたが、コンマ一つ、従属節一つに至るまで同じ文章になり、違うのはタイトルだけだった。『きこりと雪女』『森の暗い胃袋』『わが腕の中へ、わが口の中へ』『汝《なんじ》の血を水のごとく飲むがゆえに』そしていちばん最近のは『なぜだ、いとしい人、なぜだ』。翻訳者たちの作業方針は、逐語訳《ちくごやく》から大胆な意訳までさまざまだったが、めいめいが原本を訳そうとペンをとったとき、自らの意図が何か大きな力に呑み込まれたようだったと報告している。この主張にはいくばくかの真実が含まれるのかもしれない。というのも、実際のところその本は、筋書きが陰気くさく文章も迫力に欠けるのに、新たに出版されるたびにさらなる喝采《かっさい》で迎えられるのだ。本作は、翻訳を拒みはしないが変化は被《こうむ》らない史上初のテクストではないかと学者たちは指摘している。

主題の不完全な索引

消火栓、あらゆるコンセント、五十二 かくもたくさんの歌、五十四 香り《ブーケ》、五十六 道具学、五十七 陽射しがほとんど消えて部屋が静かなとき、六十七 失われて見出《みいだ》され、六十九 アポストロフィ、七十一 回転式改札口、七十二 実話、七十四 膝《ひざ》、七十七 遅すぎた、七十八 居残り、七十九 あなたの靴が好き、八十三 幽霊兄弟、八十四 第二の実話、八十六 非凡な才能、八十九 孵化《ふか》、九十三 およそ八十グラム、九十六 夕暮れとほかの物語

幽霊と傷心 一 注目すべき社交行事、六十三 どちらが結晶、どちらが溶液、六十八 鏡の中のもう一人の男、七十 鏡の中の男、七十二 実話、七十三 弾丸とそれを避けるために必要なもの、七十五 彼女が忘れようとしている男、七十六 永遠、七十七 遅すぎた、八十五 人生、九十三 およそ八十グラム

幽霊と子供時代 二十七 中間地点、三十一 小さなロマンスとハッピーエンドを含むタイムトラベルの物語、四十四 あらゆる家の鍵、あらゆる消火栓、あらゆるコンセント、四十六 遊びの時間、四十七 生涯にわたって、五十七 陽射しがほとんど消えて部屋が静かなとき、六十七 失われて見出され、七十八 居残り、八十一 困惑の元、八十二 見えない、さわれない、八十三 幽霊兄弟、八十四 第二の実話、九十七 電話

幽霊と老齢 二十七 中間地点、四十五 壁、五十 一生分の接触、五十二 かくもたくさんの歌、五十四 香り《ブーケ》、七十三 弾丸とそれを避けるために必要なもの、八十 幽霊の仮の姿、九十六 夕暮れとほかの物語

幽霊と家族　八十　幽霊の仮の姿、八十一　困惑の元、八十五　人生、八十六　非凡な才能、八十七　遺伝性疾患、八十八　空港のターミナルからの祈り

幽霊と時間　六　きのうの長い連なり、七　ヒッチハイカー、二十三　再生可能資源、二十四　十三回の出現、二十五　来世と死の事務処理機関、二十六　死亡記事、二十七　中間地点、二十八　時の巡り、二十九　ヒメハヤ、三十　前後に揺れる物語、三十一　小さなロマンスとハッピーエンドを含むタイムトラベルの物語、三十六　暗黒は震えつつ通り過ぎた、四十　第一一五連隊の兵士たち、五十七　陽射しがほとんど消えて部屋が静かなとき、五十九　ささやかな感情、七十六　永遠、八十二　見えない、さわれない、八十七　遺伝性疾患、九十五　言語学の問題

幽霊と空間　十一　どんなにささやかな一瞬であれ、二十九　ヒメハヤ、三十二　ファンタズム対スタチュー、三十四　乗客たち、三十五　新たな生、新たな文明、三十六　暗黒は震えつつ通り過ぎた、三十九　人々がいて、彼らはかつて生きていた、四十九　霧の向こうにちらちら見える物語、五十三　音響の問題、六十　現実の小さな崩壊、六十二　不動産、六十四　無数の奇妙な結合と分離、六十六　６６６、九十　左右対称

幽霊とバランス　十　運命の天秤《てんびん》、十六　さらなる諸動物、十七　ミツバチ、十八　風景を損なうもの、二十一　作中で太鼓が鳴る物語、二十七　中間地点、三十　前後に揺れる物語、三十八　彼の女性性、四十二　円《まる》い堀が魚の安らぎとなるように、四十八　いっしょに連れていく、五十六　道具学、六

幽霊と色　十五 白馬、四十三 スペクトル、四十八 いっしょに連れていく、九十一 インコ

幽霊と美術　四十三 スペクトル、五十 一生分の接触、六十二 不動産

幽霊と音楽　二十一 作中で太鼓が鳴る物語、五十一 二番手、五十二 かくもたくさんの歌、五十六 道具学

幽霊と文学　三十一 小さなロマンスとハッピーエンドを含むタイムトラベルの物語、九十四 幽霊文字、九十六 夕暮れとほかの物語、百 かつて書かれた中でもっとも恐ろしい幽霊譚

幽霊と映画　十三 ミラ・アムスラー、四十一 アクション！、八十二 見えない、さわれない

幽霊と自然環境　十二 集まり、十八 風景を損なうもの、十九 木々の納骨堂、二十二 お砂場計画、二十三 再生可能資源、三十四 乗客たち

幽霊と言語　四 マイロ・クレイン、八 願い事、九十一 インコ、九十二 婉曲《えんきょく》表現、九十三 およそ八十グラム、九十四 幽霊文字、九十五 言語学の問題、九十七 電話、百 かつて書かれた中でもっとも恐ろしい幽霊譚

幽霊と感覚　十四 ゾウたち、十九 木々の納骨堂、二十 空から降ってくるもの、三十七 プリズム、

幽霊と不運　一　注目すべき社交行事、四　マイロ・クレイン、八　願い事、九　遊び方、十　運命の天秤、十三　ミラ・アムスラー、十五　白馬、十八　風景を損なうもの、二十三　再生可能資源、二十五　来世と死の事務処理機関、三十三　足跡、三十四　乗客たち、三十七　プリズム、四十　第一一五連隊の兵士たち、四十六　遊びの時間、五十一　二番手、五十七　陽射しがほとんど消えて部屋が静かなとき、五十九　ささやかな感情、六十二　不動産、六十三　どちらが結晶、どちらが溶液、六十四　無数の奇妙な結合と分離、六十五　携挙、六十六　６６６、六十八　鏡の中のもう一人の男、六十九　アポストロフィ、七十　鏡の中の男、七十七　遅すぎた、八十五　人生、八十六　非凡な才能、八十八　空港のターミナルからの祈り、八十九　孵化、九十一　インコ、九十三　およそ八十グラム、九十八　数

幽霊と横になって二度と起き上がらなくていいという感覚　一　注目すべき社交行事、二十八　時の巡り、四十一　アクション！、五十五　野原で解けていく雪の泥くさいにおい、五十七　陽射しがほとんど消えて部屋が静かなとき、六十四　無数の奇妙な結合と分離、七十二　実話

幽霊と三十代や四十代で抱き、ときには五十代まで続くあの感覚、すなわちボートで海を漂流中、嵐のせいで家のように高い波が起こり、ボートの板がばらばらになるのを待つばかりで、たまに嵐が収まって海面がふいにガラスのように見え、少しはましになるかもしれないが、結局のところまだ海の真ん中にいて、どこにもたどり着けそうになく、頭に浮かぶただ一つの解決方法は銃をとり出してボートの底を撃ち、穴をあけることだ、というような感覚　二　進路指導カウンセラー、六十三　どちらが結晶、どちらが溶液、六十八　鏡の中のもう一人の男、七十　鏡の中の男、八十

五　人生

幽霊と記憶　一　注目すべき社交行事、二　進路指導カウンセラー、三　手斧、数本の燭台、針刺し、シルクハット、六　きのうの長い連なり、二十二　お砂場計画、三十六　暗黒は震えつつ通り過ぎた、四十　第二一五連隊の兵士たち、五十四　香り《ブーケ》、七十三　弾丸とそれを避けるために必要なもの、七十四　膝、七十五　彼女が忘れようとしている男、八十二　見えない、さわれない、九十二　婉曲表現

幽霊と忘却　四　マイロ・クレイン、五　記憶喪失、十一　どんなにささやかな一瞬であれ、二十四　十三回の出現、三十六　暗黒は震えつつ通り過ぎた、四十六　遊びの時間、九十二　婉曲表現、九十四　幽霊文字

幽霊と鏡像　六十八　鏡の中のもう一人の男、七十　鏡の中の男、九十　左右対称

幽霊と反復　一　注目すべき社交行事、六　きのうの長い連なり、十四　ゾウたち、十八　風景を損なうもの、三十一　小さなロマンスとハッピーエンドを含むタイムトラベルの物語、六十九　アポストロフィ、七十四　膝、七十六　永遠、九十五　言語学の問題、九十八　数

幽霊と重複　三　手斧、数本の燭台、針刺し、シルクハット、二十七　中間地点、三十五　新たな生、新たな文明、三十七　プリズム、三十八　彼の女性性、三十九　人々がいて、彼らはかつて生きて

いた、四十二　円い堀が魚の安らぎとなるように、五十六　道具学、八十二　見えない、さわれない、八十七　遺伝性疾患、百　かつて書かれた中でもっとも恐ろしい幽霊譚

幽霊と加速　二十四　十三回の出現、二十七　中間地点、二十八　時の巡り、三十二　ファンタズム対スタチュー、四十七　生涯にわたって、七十三　弾丸とそれを避けるために必要なもの

幽霊と停滞　一　注目すべき社交行事、六　きのうの長い連なり、二十八　時の巡り、三十　前後に揺れる物語、三十二　ファンタズム対スタチュー、三十六　暗黒は震えつつ通り過ぎた、四十九　霧の向こうにちらちら見える物語、六十三　どちらが結晶、どちらが溶液、六十八　鏡の中のもう一人の男、七十六　永遠、九十八　数

幽霊と心霊現象　十五　白馬、四十三　スペクトル、四十四　あらゆる家の鍵、あらゆる消火栓、あらゆるコンセント、五十三　音響の問題、五十四　香り《ブーケ》、六十二　不動産、八十六　非凡な才能、九十七　電話、九十八　数

幽霊と不器用な人付き合い　一　注目すべき社交行事、九　遊び方、五十六　道具学、六十三　どちらが結晶、どちらが溶液、六十九　アポストロフィ、七十五　彼女が忘れようとしている男、七十九　あなたの靴が好き、八十一　困惑の元、八十五　人生、八十六　非凡な才能、八十七　遺伝性疾患、八十八　空港のターミナルからの祈り、八十九　孵化、九十二　婉曲表現

幽霊と学校生活　二　進路指導カウンセラー、四十三　スペクトル、四十七　生涯にわたって、六十一　異常派と尋常派、七十四　膝、七十八　居残り、九十八　数

幽霊と複数　三　手斧、数本の燭台、針刺し、シルクハット、十六　さらなる諸動物、十八　風景を損なうもの、二十　空から降ってくるもの、二十九　ヒメハヤ、三十三　足跡、三十七　プリズム、三十九　人々がいて、彼らはかつて生きていた、四十三　スペクトル、四十四　あらゆる家の鍵、あらゆる消火栓、あらゆるコンセント、四十五　壁、四十六　遊びの時間、五十三　音響の問題、五十六　道具学、五十八　男のようなもの、六十四　無数の奇妙な結合と分離、六十六　666、六十九　アポストロフィ、七十一　回転式改札口、七十五　彼女が忘れようとしている男、七十六　永遠、七十七　遅すぎた、八十一　困惑の元、八十七　遺伝性疾患、八十九　孵化、九十　左右対称、九十八　数、九十九　人口調査

幽霊と単独　六　きのうの長い連なり、十二　集まり、三十三　足跡、三十六　暗黒は震えつつ通り過ぎた、三十八　彼の女性性、四十二　円い堀が魚の安らぎとなるように、五十七　陽射しがほとんど消えて部屋が静かなとき、五十八　男のようなもの、八十五　人生、八十七　遺伝性疾患、九十二　婉曲表現、百　かつて書かれた中でもっとも恐ろしい幽霊譚

幽霊と世界の終わり　十二　集まり、十五　白馬、三十　前後に揺れる物語、三十四　乗客たち、三十六　暗黒は震えつつ通り過ぎた、四十一　アクション！、六十五　携挙、八十一　困惑の元

幽霊とあり得ること　十九　木々の納骨堂、三十一　小さなロマンスとハッピーエンドを含むタイムトラベルの物語、四十五　壁、五十一　二番手、六十一　異常派と尋常派、六十八　鏡の中のもう一人の男、七十二　実話、七十五　彼女が忘れようとしている男、八十二　見えない、さわれない、九十五　言語学の問題

幽霊とうっすら可能性はあるがまずあり得ないこと　十四　ゾウたち、三十八　彼の女性性、四十一　アクション!、五十二　かくもたくさんの歌、百　かつて書かれた中でもっとも恐ろしい幽霊譚

一　注目すべき社交行事　↓　傷心、過去、不運、二度と起き上がらなくていい、記憶、反復、停滞、不器用な人付き合い

二　進路指導カウンセラー　↓　孤独、ボートの底に穴をあける、記憶、学校生活

三　手斧、数本の燭台、針刺し、シルクハット　↓　ストーリーテリング、家、記憶、重複、複数

四　マイロ・クレイン　↓　言語、不運、忘却

五　記憶喪失　↓　交流、過去、忘却

六　きのうの長い連なり　↓　時間、過去、記憶、反復、停滞、単独

七　ヒッチハイカー　↓　時間、借りてきた物語、幸運

八　願い事　↓　言語、不運

九　遊び方　↓　ポップカルチャー、家、不運、不器用な人付き合い

十　運命の天秤　↓　バランス、幸運、不運

十一　どんなにささやかな一瞬であれ　↓　空間、借りてきた物語、幸運、忘却

十二　集まり　↓　孤独、交流、アンバランス、自然環境、幸運、単独、世界の終わり

十三　ミラ・アムスラー　↓　ポップカルチャー、映画、未来、不運

十四　ゾウたち　↓　動物、テクノロジー、ストーリーテリング、借りてきた物語、感覚、反復、うっすら可能性はあるがまずあり得ないこと

十五　白馬　↓　動物、聖書、色、不運、心霊現象、世界の終わり
十六　さらなる諸動物　↓　動物、バランス、テクノロジー、複数
十七　ミツバチ　↓　動物、バランス
十八　風景を損なうもの　↓　植物、バランス、自然環境、不運、反復、複数
十九　木々の納骨堂　↓　植物、ストーリーテリング、家、自然環境、感覚、あり得ること
二十　空から降ってくるもの　↓　植物、感覚、幸運、複数
二十一　作中で太鼓が鳴る物語　↓　植物、バランス、音楽、幸運
二十二　お砂場計画　↓　テクノロジー、自然環境、記憶
二十三　再生可能資源　↓　植物、時間、テクノロジー、自然環境、未来、不運
二十四　十三回の出現　↓　時間、家、忘却、加速

二十五　来世と死の事務処理機関　↓　時間、アンバランス、数、借りてきた物語、不運
二十六　死亡記事　↓　時間、アンバランス、過去
二十七　中間地点　↓　子供時代、老齢、時間、バランス、過去、未来、重複、加速
二十八　時の巡り　↓　時間、未来、二度と起き上がらなくていい、加速、停滞
二十九　ヒメハヤ　↓　動物、孤独、時間、空間、過去、複数
三十　前後に揺れる物語　↓　動物、植物、時間、バランス、停滞、世界の終わり
三十一　小さなロマンスとハッピーエンドを含むタイムトラベルの物語　↓　交流、子供時代、時間、テクノロジー、ストーリーテリング、文学、過去、反復、あり得ること
三十二　ファンタズム対スタチュー　↓　空間、加速、停滞
三十三　足跡　↓　アンバランス、借りてきた物語、聖書、不運、複数、単独

三十四　乗客たち　↓　空間、テクノロジー、宇宙、自然環境、未来、不運、世界の終わり

三十五　新たな生、新たな文明　↓　空間、アンバランス、テクノロジー、ポップカルチャー、借りてきた物語、未来、重複

三十六　暗黒は震えつつ通り過ぎた　↓　孤独、時間、空間、宇宙、過去、記憶、忘却、停滞、単独、世界の終わり

三十七　プリズム　↓　テクノロジー、宇宙、感覚、不運、重複、複数

三十八　彼の女性性　↓　交流、バランス、テクノロジー、重複、単独、うっすら可能性はあるがまずあり得ないこと

三十九　人々がいて、彼らはかつて生きていた　↓　動物、空間、アンバランス、重複、複数

四十　第一一五連隊の兵士たち　↓　時間、感覚、不運、記憶

四十一　アクション！　↓　映画、二度と起き上がらなくていい、世界の終わり、うっすら可能性はあるがまずあり得ないこと

四十二　円い堀が魚の安らぎとなるように　↓　バランス、感覚、重複、単独
四十三　スペクトル　↓　交流、色、美術、感覚、心霊現象、学校生活、複数
四十四　あらゆる家の鍵、あらゆる消火栓、あらゆるコンセント　↓　交流、子供時代、家、感覚、心霊現象、複数
四十五　壁　↓　孤独、老齢、数、家、過去、複数、あり得ること
四十六　遊びの時間　↓　動物、植物、子供時代、不運、忘却、複数
四十七　生涯にわたって　↓　子供時代、幸運、加速、学校生活
四十八　いっしょに連れていく　↓　バランス、色、感覚
四十九　霧の向こうにちらちら見える物語　↓　孤独、空間、感覚、停滞
五十　一生分の接触　↓　老齢、美術、感覚
五十一　二番手　↓　借りてきた物語、音楽、不運、あり得ること

五十二　かくもたくさんの歌　↓　交流、老齢、音楽、うっすら可能性はあるがまずあり得ないこと

五十三　音響の問題　↓　空間、家、感覚、心霊現象、複数

五十四　香り《ブーケ》　↓　孤独、交流、老齢、感覚、記憶、心霊現象

五十五　野原で解けていく雪の泥くさいにおい　↓　孤独、家、感覚、二度と起き上がらなくていい

五十六　道具学　↓　交流、バランス、音楽、重複、不器用な人付き合い、複数

五十七　陽射しがほとんど消えて部屋が静かなとき　↓　交流、子供時代、時間、アンバランス、感覚、不運、二度と起き上がらなくていい、単独

五十八　男のようなもの　↓　感覚、複数、単独

五十九　ささやかな感情　↓　時間、感覚、不運

六十　現実の小さな崩壊　↓　空間、感覚

六十一　異常派と尋常派　↓　バランス、聖書、学校生活、あり得ること

六十二　不動産　↓　空間、聖書、家、美術、不運、心霊現象

六十三　どちらが結晶、どちらが溶液　↓　孤独、傷心、アンバランス、不運、ボートの底に穴をあける、停滞、不器用な人付き合い

六十四　無数の奇妙な結合と分離　↓　空間、感覚、不運、二度と起き上がらなくていい、複数

六十五　携挙　↓　聖書、不運、世界の終わり

六十六　６６６　↓　空間、数、聖書、家、不運、複数

六十七　失われて見出され　↓　交流、子供時代、アンバランス

六十八　鏡の中のもう一人の男　↓　傷心、不運、ボートの底に穴をあける、鏡像、停滞、あり得ること

六十九　アポストロフィ　↓　孤独、交流、感覚、不運、反復、不器用な人付き合い、複数

七十　鏡の中の男　↓　孤独、傷心、家、感覚、不運、ボートの底に穴をあける、鏡像

七十一　回転式改札口　↓　交流、アンバランス、複数

七十二　実話　↓　交流、傷心、感覚、二度と起き上がらなくていい、あり得ること

七十三　弾丸とそれを避けるために必要なもの　↓　傷心、老齢、記憶、加速

七十四　膝　↓　交流、家、過去、記憶、反復、学校生活

七十五　彼女が忘れようとしている男　↓　傷心、記憶、不器用な人付き合い、複数、あり得ること

七十六　永遠　↓　傷心、時間、反復、停滞、複数

七十七　遅すぎた　↓　交流、傷心、数、文字、不運、複数

七十八　居残り　↓　交流、子供時代、学校生活

七十九　あなたの靴が好き　↓　交流、数、文字、家、不器用な人付き合い

八十　幽霊の仮の姿　↓　老齢、家族
八十一　困惑の元　↓　子供時代、家族、バランス、宇宙、不器用な人付き合い、複数、世界の終わり
八十二　見えない、さわれない　↓　子供時代、時間、テクノロジー、数、映画、過去、記憶、重複、あり得ること
八十三　幽霊兄弟　↓　交流、子供時代、バランス
八十四　第二の実話　↓　動物、交流、子供時代、幸運
八十五　人生　↓　傷心、家族、不運、ボートの底に穴をあける、不器用な人付き合い、単独
八十六　非凡な才能　↓　交流、家族、不運、心霊現象、不器用な人付き合い
八十七　遺伝性疾患　↓　家族、時間、アンバランス、借りてきた物語、重複、不器用な人付き合い、複数、単独
八十八　空港のターミナルからの祈り　↓　家族、不運、不器用な人付き合い

八十九　孵化　↓　交流、不運、不器用な人付き合い、複数
九十　左右対称　↓　空間、バランス、鏡像、複数
九十一　インコ　↓　動物、家、色、言語、不運
九十二　婉曲表現　↓　言語、記憶、忘却、不器用な人付き合い、単独
九十三　およそ八十グラム　↓　孤独、交流、傷心、アンバランス、言語、不運
九十四　幽霊文字　↓　文字、文学、言語、過去、忘却
九十五　言語学の問題　↓　時間、言語、感覚、反復、あり得ること
九十六　夕暮れとほかの物語　↓　交流、老齢、文学
九十七　電話　↓　子供時代、テクノロジー、家、言語、感覚、心霊現象
九十八　数　↓　数、不運、反復、停滞、心霊現象、学校生活、複数

九十九　人口調査　↓　アンバランス、数、借りてきた物語、聖書、複数

百　かつて書かれた中でもっとも恐ろしい幽霊譚　↓　文字、ストーリーテリング、文学、言語、重複、単独、うっすら可能性はあるがまずあり得ないこと

借りてきた物語についてのメモ　この掌編集《しょうへんしゅう》に収めた物語のうち数篇は、あからさまにあるいはそれとなく、さまざまな既存の素材を変形させ、木霊《こだま》させ、それにとり憑《つ》き、またはそれを縫い合わせている。たとえば「ヒッチハイカー」は、同タイトルの『ミステリーゾーン』のエピソードを元にしている。「足跡」の元となったのは「足跡」または「砂の上の足跡」として知られるスピリチュアルな詩だ。「新たな生、新たな文明」は中心となる哲学的ジレンマを『スタートレック』から借りている。「来世と死の事務処理機関」「どんなにささやかな一瞬であれ」「人口調査」は、ジョルジジョ・マンガネッリの『チェントゥリア』に収められた物語を手本としている。「二番手」は映画『アマデウス』から、「ゾウたち」は、カール・サフィナの『言葉を超えて——動物は何を感じ何を思うのか』に出てくるエピソードからヒントを得た。最後に「遺伝性疾患」はアダム・アーリック・サックスによる同タイトルの本『遺伝性疾患』といくつかのオブセッションを共有している。

謝辞

以下の方々にお礼を言わなくてはならない。編集者のエドワード・キャステンマイヤーと同僚のケイトリン・ランドゥイトは、多くの助けを与えてくれたが、とりわけ、この本の組み立てを考え、中身を充実させるのに手を貸してくれた。エージェントのジェニファー・カールソンと〈ダナウ、カールソン&ラーナー〉社の方々、とりわけアリエル・ダッツ。ブックデザイナーのケリー・ブレアは、表紙のデザインも本文の挿絵も、共感のこもったイマジネーション豊かなものにしてくれた。原稿整理編集者のリサ・シルバーマンと、広報担当のアビゲール・エンドラー。綿密な仕事をしてくれた制作担当編集者のヴィクトリア・ピアソンと校正者のエイミー・ブロジー＝ラーンツォショヴァー。まさにわたしそのものに見える著者近影で驚かせてくれたカイル・マイナー。本書の作品のいくつかが最初に掲載された雑誌やアンソロジーの編集者たち、とりわけ『ニューヨーカー』のデボラ・トリーズマン、『オックスフォード・アメリカン』のイライザ・ボルネ、『ポーター・ハウス・レビュー』のスタニスラフ・リフキン、『ボム』のベン・サミュエル、『ジョージア・レビュー』のダグ・カールソン、『小さな悪夢――恐怖掌編集《しょうへんしゅう》』の共同編纂《へんさん》者であるリンカーン・ミシエルとナドシエリ・ニエト。ブラッド・ムーイとアーカンソー文芸フェスティバルのあらゆる関係者――そのフェスティバルでは、この本の収録作のざっと四分の一が聴衆の前で初めて披露《ひろう》された。それからサム・チャンとアイオワ・ライターズ・ワークショップ――そこでは他の十篇あまりが披露された。キャスリーン・マクヒューはこの本の物語が最初に形をとる手助けをしてくれた。カレン・ラッセル、ブラッド・ミニック、エイミー・フランケルは目と熱意と感性をこの掌編集に貸してくれた。それから何より、エイミー・パーカーは、励ましとインスピレーションを与え、クリエイティブな気配りを示して、この本のページの多くの幽霊を目覚めさせてくれた。

霊の長居の成れの果て

勝山《かつやま》海百合《うみゆり》

本書はケヴィン・ブロックマイヤー *The Ghost Variations: One Hundred Stories*（Pantheon, 2021）の全訳である。二百頁《ページ》前後の物語が百編収められており、テーマ別に〈幽霊と記憶〉〈幽霊と運命〉〈幽霊と自然〉〈幽霊と時間〉〈幽霊と思弁〉〈幽霊と視覚〉〈幽霊とその他の感覚〉〈幽霊と信仰〉〈幽霊と愛と友情〉〈幽霊と家族〉〈幽霊と言葉と数〉に分けられ、著者による〈主題の不完全な索引〉も付されている。

ところで、ドイツの作曲家ロベルト・シューマンが晩年に作曲したピアノ独奏曲「主題と変奏」は、Geistervariationen（幽霊変奏曲）とも呼ばれ、英語で Ghost Variations、本書の原題と同じだ。ブロックマイヤーがこのピアノ曲を着想源の一つにしたことは想像に難《かた》くない。

著者のブロックマイヤーは、一九七二年にアメリカ合衆国フロリダ州で生まれ、アーカンソー州リトルロックで育ち、現在も同地に居住する小説家だ。大学卒業後にアメリカで最も歴史のある創作講座であり、小説家や詩人、ジャーナリストが多数輩出していることで知られる——カート・ヴォネガットも講師を務めていた——アイオワ大学文芸創作講座（アイオワ・ライターズ・ワークショップ）で学び、一九九七年にMFAを取得。同年にイタロ・カルヴィーノ短編賞を受賞してデビューしてからは、雑誌に短編を発表したり、長編小説を上梓《じょうし》したりしており、その中には十代の読者を対象にしたものも含まれている。

日本での紹介はイタロ・カルヴィーノ短編賞受賞作「ある日の〝半分になったルンペルシュティルツヒェン〟」（小川隆訳）が『ＳＦマガジン』二〇〇四年六月号に訳載されたのを始めに、死者たちの暮らす街を舞台にした長編『終わりの街の終わり』（金子ゆき子訳、ランダムハウス講談社、二〇〇八年）と、短編集『第七階層からの眺め』（金子ゆき子訳、武田ランダムハウスジャパン、二〇一一年）の二冊がある。本書はブロックマイヤーの十三年ぶり、三冊目の邦訳となる。


本邦で最初に刊行された『終わりの街の終わり』では、死んだ人間が生者の世界からある街にやってきて暮らしを続けている。住民は自分が死んでいることを理解しているが、街はアメリカのどこかの地方都市のような場所で、天国にしては薄汚れており生活感がある。街の住民たちは、死者を記憶していた生者が死ぬと住民が消える仕組みがあると認識していた。いっぽう生者の世界では感染症が発生しパンデミックによる大量死が起こっていた。死者の街では住民が減り、街が縮みはじめ、残った住民全員の共通点はローラ・バードという女性を知っていることだった。ローラは南極基地に一人残され、辛《から》くも感染を免れていたのだ……。クリス・コロンバスによる映画化の計画があったものの、今のところ進行は止まっている。

『終わりの街の終わり』はパンデミックが背景にある世界で、原著は二〇〇六年刊行。ご存じのように二〇一九年からＣＯＶＩＤ‐19が世界中で流行し大勢が亡くなっている。ワクチンが開発され接種も行われたがウイルスは変異を続け、二〇二四年現在も感染症はとどまるところを知らない。彼はこの経験からブロックマイヤーはよりリアルなパンデミックを描くように……ならなかった。彼は死後の世界を、死者の社会を、幽霊の愚かさ、悲しさといったものを描くことに執心した。死者世界の秩序、幽霊の生活を考え続け、書きも書いたりその数なんと百。それが本書だ。ブロックマイヤーはデビュー時期が近く、どちらも日常と不思議が接続する作品を書くせいかケリー・リンクと並んで語られることが多い作家だが、昨年邦訳されたリンクの比較的最近の二つの短編、「スキンダーのヴェール」（中村融《とおる》訳、エレン・ダトロウ編『穏やかな死者たち　シャーリイ・ジャクスン・トリビュート』所収）と「白猫の離婚」（金子ゆき子訳、『すばる』二〇二三年十二月号）では、現実的な生活にストレンジな事象が入り込んではくるものの、ブロックマイヤーほどはリンクは死にも幽霊にも接近してはいない。少なくとも本書ほどには。

ところで、あなたは「幽霊」にどんなイメージを持っているだろうか？

日本に長く暮らす読者であれば、腰から下が薄ぼんやりしている白い着物の女性であったり、血まみれで髪を乱した甲冑《かっちゅう》の男性を思い浮かべるかもしれない。あるいは白いシーツを纏《まと》って浮遊するタイプだろうか。何度閉めても薄く開いている押し入れの暗がりにひそむタイプの幽霊のことが頭から離れない人もいるかもしれないが、本書『いろいろな幽霊』は、読者の幽霊の枠をこれでもかと広げてくる。これが幽霊？　これも幽霊という具合に。

ブロックマイヤーは「幽霊」をどんなものだと考えているのだろうか。やや長いが『終わりの街の終わり』から引用する。牧師の息子で盲目の登場人物が思いを吐露する場面にヒントがあるように思う。

〈死んだら、霊という紐がぷっつり切れて、その人のもとに残されるのは、一方に肉体——粘土と鉱物の塊——もう一方に魂だ。霊はその二つの相互作用を果たす役割しかなく、水面に風が吹いてできるさざ波のようなものだ。風を取り去り、水を取り去ったら、さざ波だってなくなる。それがなくならなかったら？　もしもなくならなかったら――盲目の男にとっては憶測にすぎないのだが――人は幽霊と呼ばれる存在になる。幽霊とは、霊がぐずぐずと長居した成れの果てだ。風と水のないさざ波であり、肉体と魂から切り離された紐だ。〉

本書の冒頭の一編「注目すべき社交行事」は、法律事務所の入り口に繰り返し現れるうら若き女性の幽霊の話だ。この女性は、法律事務所がまだ舞踏室だった百七年前、十五歳のときにこの場所で失恋をする。想《おも》いを寄せていた男性が別の女性の手を取り、それを目にした彼女は舞踏室を出て行くのだが、この瞬間の自身の振る舞いに執着し、死後――そう、このときに悶死《もんし》したわけでも舌を嚙《か》んで死んだわけでもなく――に幽霊になって、足の踏み出し方や腕の曲げ具合を変えながら二秒か三秒の動作を幾度も繰り返す。彼女がその一角にとり憑《つ》いているのは、「自分の感情の真の複雑さを表現し損ねた」と思っているからで、法律事務所勤務の青年たちはその様子を眺めては、人間の愚かさと悲しさと、そうなるかもしれない自分の未来を思う。

この女性の幽霊の場合、同じ場所にしか出現しないので地縛霊《じばくれい》のような気がするが、彼女の執着対象は場所ではなく、そのときの感情だ。場所はたまたまであり、傷ついた心ごとそこにつなぎ留められてしまったのだ。「でもどうしてそこに？」の問いが浮かんだとして、読者の心中に幾つかの答えが去来はしても、正解はおそらくない。結局のところ、無意味だったり愚かに見える自縄自縛《じじょうじばく》も含めて幽霊なのだろう。

この話を読んで思い出したのが不動産にまつわる怪談である。その物件では誰もいないのにバタン……となにかが倒れる音がするというものだ。霊感の強い人がその部屋を見に行ったところ、かつてこの部屋で自ら命を絶った人が、踏み台を蹴り倒したときを、死の縁《ふち》を渡った瞬間を何度も繰り返しているのだという。これは「注目すべき社交行事」の類話と言ってもいいだろうか。「繰り返される瞬間」の意味ではよく似ている。異なる点は、舞踏室が死の現場でなかったのが幸いして舞踏室の女性を見ても人はことさら恐れないが、踏み台が倒れる音のほうは人を怖がらせるところだ。しかしどちらもブロックマイヤーが言う「霊がぐずぐずと長居した成れの果て」である。

「再生可能資源」では、大手多国籍石油化学企業の不仲の部長二人が重役研修旅行に出かけた先で（おそらくは激しい言い争いのさなかに）頁岩《けつがん》の絶壁もろとも湿地に落ちる。泥の下、巨岩に押し潰されて七百万年、更に百万年、新しく誕生した種《しゅ》が、二人の肉体だったものが変化した石油燃料に火を点《つ》ける。この二人は、死んで幽霊になっても、その肉体から離れることなく百万年を重ねている。もしかしたら不仲だったのは生前の何年かだけで、幽霊になってからは和解してそれなりに楽しく過ごしたかもしれないし、愛とか情とかといったものとは決別し、単に幽霊としてあっただけかもしれない。いずれにせよ人類が滅び、別種の知的生命体が生まれて進化して、石油燃料に火を点けるまでの八百万年。気が遠くなるがこれも長居の成れの果てといえよう。

本書はこのような短いが濃厚な掌編《しょうへん》が連なる一冊で、悲しさが漂っていたり、取り返しのつかないことをしてしまった後悔の苦さがあったり、可笑《おか》しみがあったり、広大な宇宙の一隅で永遠の孤独を託《かこ》つような寒さもあったりする。

死んだ途端にこれまでの記憶や社会的な繋《つな》がりが断絶することはない、生きた人間と同等の愚かさのままでかまわないので、死後の世界でも生前と変わらぬ暮らしがあって欲しいという著者の切なる願い、祈りが込められているようでもある。

人が集《つど》って奇妙な話や怖い話、いわゆる怪談を語る「百物語」という催しがある。百の灯明《とうみょう》を点《とも》し、話が一つ終わるごとに消していき、最後の一つを消した際に怪異が起こると言われているため、百まで語らずに切り上げるのが作法とされている。筆者も京極夏彦《きょうごくなつひこ》氏を立会人とした百物語に参加したことがあるが、このときも九十九話で打ち止めとなった。

ケヴィン・ブロックマイヤーの百の幽霊譚《たん》を読み終わったそのとき、なにが起こるだろう?

訳者紹介
1966年生まれ。お茶の水女子大学文教育学部卒。英米文学翻訳家。訳書にジャクスン『ずっとお城で暮らしてる』、キャロル『薪の結婚』、サマター『図書館島』、ジョイス『人生の真実』、ヴクサヴィッチ『月の部屋で会いましょう』(岸本佐知子と共訳)他多数。

[海外文学セレクション]

いろいろな幽霊

2024年4月19日　初版

著者———ケヴィン・ブロックマイヤー
訳者———市田泉(いちだ・いづみ)
発行者———渋谷健太郎
発行所———(株)東京創元社
〒162-0814　東京都新宿区新小川町1-5
電話　03-3268-8231(代)
URL　https://www.tsogen.co.jp
装丁———岩郷重力+W.I
イラスト——Kelly Blair
DTP———キャップス
印刷———萩原印刷
製本———加藤製本

ISBN 978-4-488-01689-0 C0097

SELECTION

The Starless Sea

Erin Morgenstern

地下図書館の海

エリン・モーゲンスターン

市田 泉 訳 **【海外文学セレクション】** 四六判上製

ようこそ、あらゆる物語が集う迷宮へ。ドラゴン賞ファンタジー部門受賞作

図書館で出会った著者名のない、謎めいた本。それはどこども知れない地下にある、物語で満ちた迷宮への鍵だった――『夜のサーカス』の著者が贈る、珠玉の本格ファンタジー。